COLLECTION FOLIO

FATRAS

La poésie peut naître des images aussi bien que des mots, surtout chez un Prévert qui, d'abord homme de cinéma, a un sens très aigu de l'image et de ses pouvoirs de suggestion. C'est la confrontation de ces deux moyens d'expression que propose FATRAS, où quelques-uns des « collages » auxquels s'applique depuis longtemps Jacques Prévert ont été reproduits comme pour prolonger sur le plan visuel les thèmes essentiels de son œuvre poétique.

Ces thèmes, qui pourraient se résumer en un seul : la dénonciation des duperies — celle de la guerre, avant tout, dont le fantôme rôde aujourd'hui dans le monde comme jamais — engendrées par certains mots d'ordre de la société, on les retrouve à travers les textes de FATRAS écrits, dans les années 60, par l'auteur de PAROLES. Surtout peut-être dans ces brefs « graffiti », dans ces « adonides » (ce n'est pas par hasard que ce nom de fleurs veut dire « gouttes de sang ») où une vérité substantielle apparaît à travers le jeu des mots cher à Prévert. Flashs rapides et saisissants qui sont devenus, ces dernières années, une des formes préférées de sa pensée et de son écriture. Une poésie et une morale s'en dégagent avec une espèce d'évidence.

Textes et images poursuivent ici le même but : dissocier les séquences de nos habitudes mentales, corriger le quotidien, donner aux lieux communs et aux bienséances le coup de pouce qui fait chavirer le décor et remet en question son opportunité.

R. B.

Jacques Prévert

Fatras

avec

cinquante-sept images
composées par l'auteur

ENÊTRE D'IZIS

TANT PIS

Faites entrer le chien couvert de boue
Tant pis pour ceux qui n'aiment ni les chiens ni la
    boue
Faites entrer le chien entièrement sali par la boue
Tant pis pour ceux qui n'aiment pas la boue
Qui ne comprennent pas
Qui ne savent pas le chien
Qui ne savent pas la boue
Faites entrer le chien
Et qu'il se secoue
On peut laver le chien
Et l'eau aussi on peut la laver
On ne peut pas laver ceux
Ceux qui disent qu'ils aiment les chiens
A condition que...
Le chien couvert de boue est propre
La boue est propre
L'eau est propre aussi quelquefois

Ceux qui disent à condition que...
Ceux-là ne sont pas propres
Absolument pas.

GRAFFITI

Le Progrès :

Trop robot pour être vrai.

Cybernétique = Cythère bernique.

Il a tourné sept fois sa langue dans ma bouche avant de me parler d'amour.

Eva.

Hélas, quand le diable boite, Dieu est cul-de-jatte.

Sainte Prothèse de Lisieux.

La liberté est toujours en vérité provisoire.

Dans chaque église, il y a toujours quelque chose qui cloche.

Tout Corse a dans son cœur un Napoléon qui sommeille.

Louis XIV fuyait les miroirs, tant il craignait l'insolation.

C'est dans les bas-fonds qu'on pousse les hauts cris.

Allons, allons! Toutes ces âmes au salon!

La sous-maîtresse supérieure.

L'amour, quand on lui bande les yeux, c'est pour le fusiller. Mais, les yeux grands ouverts, il traverse la vie sans se faire écraser.

Un petit chat bien élevé ne doit pas jouer avec une souris qui ne lui a pas été présentée.

Donnez-vous la peine d'entrer dans le coma, mais ne mettez pas vos coudes sur le suaire.

L'ordonnateur.

Un fantôme bien né n'appelle pas sa femme « ma petite veuve ».

Regarde bien Christophe et sauve-toi épouvanté.

Médaille indienne, XVIe siècle.

Palsambleu, Morbleu, Ventrebleu, Jarnibleu ! Dieu aussi a eu son époque bleue.

Si vous cherchez la petite bête, vous finirez bien par trouver Dieu.

Sainte Coccinelle.

J'aime mieux le mélodrame où j'ai pleuré que le néo-drame où Madame s'est emmerdée.

Margot.

... DES ANIMAUX TERRESTRES

Jérusalem.
J'ai rusé l'âme.

★

Marguerite :
— C'est mon Faust ! C'est mon Faust !
Gœthe :
— C'est mon très grand Faust.

★

Le diable :
Je peux faire dans ses bottes, mais Lui,
pas dans mes sabots !

★

Saint Jean-Baptiste :
Ah mes salauds, c'est Salomé !

★

Fête d'yeux :
Marilyn Monroe.
Brigitte Bardot :
Chef-d'œuvre de chair désiré hors du mariage
universellement.

★

« L'Église a mis le Livre des Macchabées dans son Canon. »

Bossuet.

Où pouvait-elle mieux le placer?

Des grandes amours, des grandes délices et des grandes orgues :

Tout garrotté de lierre, de la tête aux pieds, il écoute son disque de Haute Fidélité.

« Et ce que beaucoup plus tard les filles de Loth firent à leur père, les garçons d'Ève décidèrent de le faire à leur mère et à la manière des hommes.

« Mais Caïn dit : « Je suis l'aîné et personne d'autre que moi ne passera avant moi là où mon père a passé. » Ils se disputèrent. Caïn se mit en colère et tua Abel, son frère. »

Paralipomène au premier tome du *Second homme sur la terre* ouvrage traitant du premier crime passionnel et servant lui-même de prolégomènes à la Passion proprement dite.

Les bons conseils :

Croissez et multipliez-vous !
Croissez et additionnez-vous !

Croissez et divisez-vous !
Croissez et soustrayez-vous !

Et quand tout le monde aura tué tout le monde, les machines parleront des hommes machinalement, comme les hommes parlaient des dieux.

A la messe des chiens, tous s'appellent Fidèle. Il n'y a pas de chats policiers.

L'homme sans amour, c'est comme une lanterne sans lumière, un bordel sans lanterne, un port sans quartier réservé, sans musique ni chansons. Et un port sans quartier réservé, c'est con comme un porte-avions.

Héros, ne vous donnez pas la peine d'essuyer vos pieds sanglants sur le paillasson de la gloire, avant d'entrer dans l'Histoire.

A quelques-uns :
La casuistique, voilà le « hic » de votre dialectique et vous êtes pris, la plume à la main, et la main dans le « sic ».

★

O grand Neptune, donnez-nous aujourd'hui notre bain quotidien.

Les Naïades.

Avec mon salaire, ils se payent ma tête.

Un manœuvre.

Pour vaincre les ennemis de la Patrie, de l'O.A.S., encore de l'O.A.S., toujours de l'O.A.S.!

Soustelle, l'ethnographe.

Des systèmes à tics :

Ce système m'étrique, l'autre système me traque, le troisième me troque et le dernier me truque.

La guerre serait un bienfait des dieux si elle ne tuait que les professionnels.

Traité de civilité puérile et honnête.

Aux grands ogres, la Patrie reconnaissante.

On a beau avoir une santé de fer, on finit toujours par rouiller.

Tous les savants sont des animaux, mais tous les animaux ne sont pas des animaux savants.

Thèse, antithèse et prothèse :
Il faut récapiter Louis XVI.

L'information :
C'est toujours « de source bien informée » que nous apprenons que le fleuve qui vient de tarir n'est pas près de cesser de couler.

Dieu est capable de tout.

L'avis des Saints.

Le train-train de l'histoire :
Vous prenez la ligne à Transnonain 34, vous changez à République V et l'on vous descend à Charonne 62.

Yaveh une fois...

    Yaveh Zeus Bouddha Allah
    Yaveh Eloïm Jehova
    Yaveh Yaveh Yaveh Maria.

A la douane de la mort, ils ne déclarent même plus la guerre : ils la passent en fraude.

Quand le gauche du vilain contre la terrible droite du Seigneur, les supporters du Seigneur sont touchés au cœur

        Le speaker du dimanche.

Bien souvent, le lâche demande aux autres le courage de ses opinions.

Et Joseph et Marie confièrent leur enfant à l'Assistance Biblique.

« Au revoir ! » dit l'aveugle.

L'ERMITE SE FAISANT DIABLE REÇOIT
L'AMBASSADEUR DE SODOME

La femme est une pensée, la plus forte de la nature, mais c'est une pensée dansante.

Linceul Dieu tu adoreras.

Nu, le corps d'une fille est plus secret que vêtu de vison, de Chanel ou de coton.

... et l'imbécile de la ville tourne toujours à dérision l'idiot du village.

Plus on aide le fou, plus il rit.

Un égoïste avait un trésor, mais n'en savait rien. C'était un trésor d'indifférence, de lucidité et aussi de générosité.

Les altruistes l'épiaient, le traquaient : c'était pour son Bien.

Seuls, le nouveau-né et le singe font de véritables pieds-de-nez.

Toutes les autoroutes mènent à Rome.

Regarde saint Christophe, mais va-t'en assuré.

... et le verbe s'est fait cher, et il a quêté parmi nous.

L'électrochoc ne peut rien contre le coup de foudre.

Pascal, pour confondre les athées, a comparé la Vierge à une poule qui peut faire des œufs sans coq.

L'œuf de J.-C. était aussi simple que celui de Colomb, il suffisait d'y penser.

Alfred Nobel n'a pas inventé la poudre, mais il en a vulgarisé les ersatz, et ces ersatz ont leur prix.

La terre est pavée de bonnes inventions.

L'œil était dans la bombe et regardait tout le monde.

Paye-lui tout de même le coup ! dit son perce-héros au doux rire si fou.

Ce qui les inquiète, les dépossède, les désin-tègre, c'est qu'aujourd'hui les Noirs commencent à parler grand-nègre.

Éducation civique :
Après la peur de la mort, la mort de la peur, et enfin la vie.

Pourquoi écrivent-ils : « Pourquoi Rimbaud a-t-il cessé d'écrire? » puisqu'ils ne savent pas pourquoi il a commencé?

Histoire ancienne :
... et Minusculus le Grand, empereur des Poux, à la tête de ses troupes, mourut au champ d'honneur sur la tête des hommes. Mais Typhus le Vengeur remporta la victoire sur Persona grata.

Après la « chute ».
Arthur : Sois belle et tais-toi !
Marilyn : Sois tel que tu es et parle de toi !

« Et le septième jour... »

La Genèse.

Qu'est-ce que c'est qu'un Dieu qui se repose !

« Nous avons créé en six jours les Cieux, la Terre et l'espace qui les sépare ; et ce, sans la moindre fatigue. »

Le Coran.

Du capitalisme culturel et régionaliste :

André Rousseaux :

« ... Mais l'anticonformisme est un terrain où l'on rejoint aisément de médiocres émules. Les choses de la religion, par exemple, inspirent à Prévert des plaisanteries qui n'ont plus cours que dans l'anticléricalisme de sous-préfecture. »

Références :

Lisieux : sous-préfecture du Calvados.
Lourdes : chef-lieu de canton des Hautes-Pyrénées.
Fatima : lointaine sous-bourgade de Lisbonne, capitale du Portugal.

FILLES :

1er année (filles) :
18 : Béatrice Bui-Tuiu ; 17 : Mi-
 èle Hascoet, Alberte Juge ; 16 :
ristine Duquesnoy, Yvette Gaussuin ;
nielle Julienne ; 15 : Martine Bel-
; Monique Cousseau.

*
**

**Chers parents, vos enfants
voient-ils prier ?**

Mon Mari

Il a mis le café dans la tasse
Il a mis le lait dans la tasse à café
Il a mis le sucre dans le café au lait
Avec la petite cuiller il a tourné
Il a bu le café au lait
        et il a reposé la tasse.
Sans me parler.
Il a allumé une cigarette
Il a fait des ronds avec la fumée
Il a mis les cendres dans le cendrier.
Sans me parler
Sans me regarder il s'est levé
Il a mis son chapeau sur sa tête
Il a mis son manteau de pluie
        parce qu'il pleuvait
et il est parti sous la pluie
Sans une parole, sans me regarder
Et moi, j'ai pris ma tête dans mes mains
Et j'ai pleuré.

Jacques PREVERT

(Ce qui a pu se passer en 1961, ne se passera plus en 1962)

JOURNEE D'ADORATION

14 JANVIER

uverture: **Samedi 13 à 18 h. 30**

~~~~~~~~~~~~~~~~~~~~~~~~~~~~

JEU LITURGIQUE

L'école Notre-Dame nous a gâtés.
10 décembre, sur le plateau de
salle de l'école Saint-Roch, grandes
es et fillettes ont donné le mystère
la Nativité et ont feuilleté pour

Calendrie

Lundi 1er janvier 1962. — A
clergé seront heureux d'acc
leurs vœux de bonne année
Jeudi 4. — Rentrée des élèves d
supprimés.
Vendredi 5. — 1er du mois cons
sera exposé de 7 à 19 h. M
Messe pour les Vocations.
Samedi 6. — Epiphanie de Not
Dimanche 7. — Fête de la Sai
Lundi 8. — Saint Lucien. Vous

LETTRE OUVERTE

A l'abbé Viénot,
curé de la paroisse de Saint-Roch,
à Paris.

Monsieur,

   J'aimerais savoir de quel droit divin ou autre vous vous êtes permis, dans votre bulletin paroissial, « Le Messager », de reproduire en changeant le titre — afin de donner le change — un texte signé de moi et paru ailleurs depuis fort longtemps*.

   En administrant ainsi, typographiquement, le sacrement du mariage à deux êtres d'encre, de papier et — comment pourriez-vous le savoir? — peut-être en même temps de présence réelle, de chair et de sang, n'avez-vous pas agi avec une inconcevable légèreté?

   * Ce texte s'intitule « Déjeuner du matin » et se trouve dans *Paroles (Le Point du Jour*, NRF).

29

Qui vous dit que vous n'avez pas imprudemment travesti deux innocents et charmants homosexuels en victimes du devoir conjugal?

Si vous vouliez vous donner la peine de relire *attentivement* ce texte, vous vous trouveriez dans l'obligation de reconnaître que rien ne vous permet de rejeter cette hasardeuse hypothèse.

Le temps a passé, bien sûr, mais la soudaine importance des problèmes sexuels et matrimoniaux dans les tout récents débats, à Rome, des Pères Conciliaires me permet d'envisager que vous avez peut-être été inconsciemment guidé par le Divin Radar que les Incroyants appellent encore chance ou hasard et que vous avez peut-être posé la première pierre théologale d'une science nouvelle : l'homopartouzegenèse, jetant une lueur neuve et nécessaire sur le transcendant mystère de la descendance d'Adam et Ève, vos premiers parents.

Ainsi, sans remonter à l'épiphénomène de la multiplication des pains, nous pourrions peut-être bientôt, grâce à cette science, avoir d'autres lueurs et même d'autres lumières sur d'autres mystères.

Alors, la Sainte Utérinité, de même que l'Immaculée Contraception, nous apparaîtraient plus claires, sans rien perdre toutefois de leur mystère.

Je termine par quelques phrases de politesse que j'ai le tact, comme le plaisir, de garder secrètes.

Jacques PRÉVERT

ORGANISME CATHOLIQUE
DE MARIAGES

Catholiques, qui cherchez à vous
marier, écrivez à PROMESSES
CHRÉTIENNES, Service H 5.
Réué, Bellevue, MEUDON (S.-O.)
Divorcés s'abstenir.

SAINTE AME

(Pavillon de neuro-théologie)

JOURNAL D'UN MALADE

Et ça continue... Ils me séquestrent dans mes cellules nerveuses.

Chaque jour, ils en ouvrent une autre et attendent que je me précipite.

Mais ils ont beau hocher leurs petites têtes chercheuses, j'ai plus d'un tour de clef dans mon sac d'idées.

Pas si fou !

J'entends les chats du pavillon d'à côté. Ils sont couronnés d'électrodes, n'arrêtent pas de miauler et ils miaulent tellement sinistre que, des fois, ça me fait pleurer.

« Eux », ils disent qu'ils leur font pas de mal mais simplement peur.

Bien sûr, je suis fatigue, tristesse et démoli trop fort et le matin me heurte et le soir m'appré-

◀ *LES THÉOLOGIENS*

hende. Mais la nuit je m'endors tout entier ou à moitié, et je dénoue en rêve tout ce qu'ils tentent de nouer.

J'ai l'habitude. Je marchais en rêve dans mon lit et rêvais en marche sur mon toit. En bas, les autres m'appelaient par mon nom, mon prénom et tous mes sobriquets, pour que je tombe chez eux, dans leur réalité.

Intoxiqué par le bonheur, je ne pouvais m'en passer.

Cette drogue vaut un prix fou, mais personne ne peut en acheter, c'est pour ça qu'ils m'ont piégé.

J'aime la vie et elle de même, sinon, il y a longtemps qu'elle m'aurait laissé tomber.

Bien sûr, des fois, j'ai pensé mettre fin à mes jours, mais je ne savais jamais par lequel commencer.

Je sais comment ils m'ont catalogué, dromomane, parce que j'aime me promener, érotomane, parce que j'aime les femmes, pyrolâtre, parce que j'aime le soleil.

Tout ça, c'est grande simplicité mais où ça devient plus méchant, plus compliqué, c'est quand l'abbé chirurgien principal s'amène pour me questionner.

Je ne suis pas dans ses idées et il me traite de déicide, de Ravaillac de Dieu, de robot de Satan, est-ce que je sais !

J'ai des crises de manie-chéisme, de détri-barium ciborium, sur son rapport, c'est marqué.

Il parle de Christo-lobotomie.

Tout pareil comme les cuistots à la grive, quand ils ouvrent les boîtes de singe, « eux » vous ouvrent la boîte à songes.

Alors, je me tiens peinard, tranquille, calme et doux comme un cimetière sans croix.

Je vais à leur chapelle, où ils me traitent au pain-total, si ça ne fait pas de bien, ça ne fait pas de mal, et je chante leurs chansons et je fais leurs génuflexions.

Ainsi, je gagne du temps, ils ont l'air content et ils m'envoient faire les courses dans l'hôpital, comme ça, je connais Sainte Ame comme ma poche et peux jeter un coup d'œil dans tous les pavillons.

Je déambule, je regarde, je vois, j'écoute, j'entends, j'apprends des fois des choses, même si je comprends pas tout.

Je m'instruis comme avant : quand je ne savais pas ce que c'est, j'ouvrais un dictionnaire, quand je ne savais pas où c'est, je regardais sur la carte.

C'est comme pour Freud, j'en sais pas grand-chose, sauf qu'avant lui tous ceux qui étaient cons n'étaient pas au courant, maintenant ils le savent et ça les rend méchants.

Ou tristes, comme le pitoyable vieillard de l'orphelinat des Centenaires, chambre 28. Il est tout seul et ne cesse de crier.

Faut le comprendre. Paraît qu'à soixante-cinq berges il a trucidé père et mère, parce qu'il les trouvait trop âgés.

Né en 1825, condamné à perpétuité en 90, il hurle que le temps est long, étroit et bas de plafond.

Il ne sait pas que depuis sa condamnation, on lui fait à longueur de journée des piqûres de longévité, afin que justice immanente suive son cours, sans concession à la perpétuité et que nombre d'infirmières et d'infirmiers sont morts à la tâche, en se repassant le flambeau, ou la seringue si vous préférez.

Et cette pauvre femme, toujours au pied du lit sans bouger, qui se croit assise sur son paillasson devant sa porte fermée et qui marmonne sans s'arrêter : « Cinq cents millions, j'en ai tué cinq cents millions, cinq cents millions... »

On sait pas si c'est des gens, des punaises ou des morpions. Ou peut-être qu'elle parle des guerres et qu'elle croit qu'elle les a déclarées. Mais à entendre, elle n'est pas gaie.

Heureusement qu'il y a la salle des conférences où des fois je vais balayer.

Là, j'écoute le Révérend Père Emptoire, ça distrait.

L'autre jour, par le complexe anal de Saturne, il démontrait la nature sale des Saturnales.

Rien compris.

Mais là où il m'a intéressé, c'est quand il a parlé chiffons.

« Dieu est à la mode. »

C'était son idée et il était en pleine jubilation.

« Dieu est marxiste, freudien, new look, prix Goncourt et chevalier du napalm académique.

« Son nom est sanguifié à la une de tous les grands quotidiens.

« Dieu est à la mode. Le slip Eminence fait bon ménage avec la gaine Scandale. Le blouson de choc remplace la soutane verdie et quand les bordels rouvriront, c'est des Sœurs Sourire qui distribueront serviettes et savons.

« Dieu se porte long, Dieu se porte court et même lorsqu'il se porte mort ou manquant, il se porte en triomphe en ressuscitant. »

Mais au pavillon 12, il y a un grand couturier.

Sa mode était œcuménique, il l'avait lancée en l'air mais elle lui était retombée sur le nez, ça l'avait tout défiguré.

Paraît qu'il délirait et ils l'ont traité à l'électro-chic, et les chirurgiens esthétiques lui ont taillé un nez prêt à porter.

Quand il s'est vu dans le plexiglass à trois faces, il est devenu tellement furax qu'il a fallu — et pourtant ça ne se fait plus — le camisoler. Ça l'a pas calmé, mais ça lui a donné des idées : camisoles du soir, camisoles de plage, camisoles d'été...

Au pavillon 13, c'est les obstructeurs de cons-

37

cience, les complexés de liberté, les déserteurs des Grandes Idées.

Là, hier soir, au dortoir G.L.M., un Espagnol chantait des choses retrouvées :

> *Ne pleure pas mon cœur*
> *ne sois pas affligé*
> *car ce qui fut et n'est plus*
> *c'est qu'il n'a pas été...*

C'était beau, c'était vrai, j'ai pleuré.

En face, au 14, on soignait le sacristain masochiste qui s'est châtré au pied d'une tour de Saint-Sulpice avec une paire de lorgnons.

Ils le traitent à l'audio-vision, en lui passant sans interruption un petit film de fascinématographie tranquillisante et laudative où Abélard, en moyen âge, fredonne, hilare et tout réjoui : « Le Seigneur me les avait données, le Seigneur me les a reprises. Que son Saint Nom soit béni ! »

J'ai trouvé ça d'une grande monotonie, comme la Justice qui poursuit le Crime, qui poursuit la Justice, qui poursuit le Crime, qui poursuit la Justice...

Fatigue, fatigue, fatigue. Demain, je vais me tirer. Ils auront beau boucler leurs lourdes et guetter : hors de leurs gonds, je sortirai.

Je me suis assez reposé et même des fois un peu marré, mais si belle que soit la fête et un peu triste aussi, il faut bien qu'elle s'arrête, et la fête des hommes comme celle des souris.

Dehors, il y a du vent, avec lui je voyagerai.

Je sais, un peu partout, tout le monde s'entre-tue, c'est pas gai, mais d'autres s'entrevivent, j'irai les retrouver.

Je sais, je sais, tous sont matriculés, c'est l'hécatombola, mais, au tiercé de la mort, je peux gagner l'amour et même retrouver cette exquise Ofrénie dont ils parlent toujours sans bien savoir qui sait. Moi seul la connais, je la voyais en rêve, toujours elle me souriait.

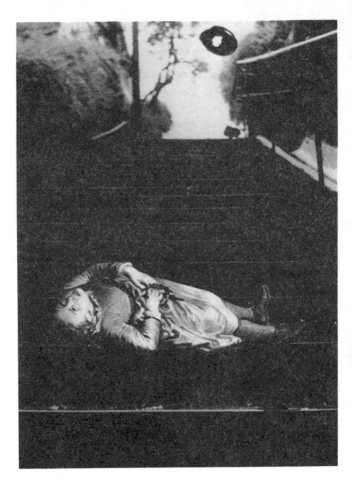

LES RÈGLES DE LA GUERRE

LES RÈGLES DE LA GUERRE

PRINCIPES GÉNÉRAUX

Primitivement, les règles de la guerre restaient dans le cadre de la conscience universelle en tant que règles morales.

Le perfectionnement des engins meurtriers a rendu nécessaires les conférences internationales de la Paix.

Les lois et coutumes de la guerre n'interdisent pas seulement les cruautés inutiles et les actes de barbarie commis contre l'ennemi, elles exigent encore de la part des autorités compétentes le châtiment immédiat de ceux qui se sont rendus coupables de pareils actes s'ils n'ont pas été provoqués par une nécessité absolue :

> (*Conférence de Bruxelles,* 1874, quelques années avant la première représentation d'*Ubu Roi.*)

Plus tard :

Le brigadier général J. H. ROTHSCHILD, commandeur des services de l'armée des États-Unis consacrés à la guerre chimique, biologique et radiologique :

43

Il faut citer en tête le « roi des gaz » de la Première Guerre mondiale : le sulfure de di-chloro-éthyl, dit « gaz moutarde »...

...Un autre agent chimique qui mérite d'être mentionné est le gaz irritant **CS**. Conçu essentiellement pour le contrôle de manifestations civiles, il peut être utile au combat dans certaines conditions.

(*Le Nouvel Observateur*, 8 avril 1965.)

PIERRE TEILHARD DE CHARDIN, caporal de zouaves tirailleurs marocains :

1915, au front.

C'était la nuit, une nuit claire et tranquille, dans un secteur accidenté, coupé de crêtes et de marais. Dans les fonds, sous les peupliers, flottait l'arôme laissé par les derniers gaz...

J'étais libre et je me sentais libre.

(*La Table Ronde*, n° 90, juin 1955.)

Le brigadier général J. H. **ROTHSCHILD** :

Des **160** maladies infectieuses connues pouvant être contractées par l'homme, toutes ne se prêtent pas à des utilisations militaires. Mais une trentaine d'entre elles semblent présenter, de ce point de vue, un grand intérêt. Dans ce domaine, comme dans celui de la « guerre des gaz », les recherches s'orientent aux États-Unis vers la sélection d'agents provoquant des maladies à très forte ou au contraire à très faible mortalité...

... La liste des armes biologiques dont l'utilisation est effectivement envisagée reste un secret militaire, mais on peut énumérer à titre d'exemple quelques-unes des maladies les plus prometteuses :

L'Anthrax : On pense qu'il a été la cinquième plaie de l'Égypte (vers 1450 avant Jésus-Christ). Sous sa forme cutanée — la plus courante — il provoque une mortalité de 5 à 20 %, lorsqu'il n'est pas soigné. Sous ses formes pulmonaires, il est presque toujours fatal. Or la dissémination de l'agent pathogène par aérosols (poussière de particules flottant dans l'air) permettrait d'obtenir une forte proportion de suppurations pulmonaires.

(*Le Nouvel Observateur*, 15 avril 1965.)

PIERRE TEILHARD DE CHARDIN :

Tous les enchantements de l'Orient, toute la chaleur spirituelle de Paris, ne valent pas, dans le passé, la boue de Douaumont.

Heureux, peut-être, ceux que la mort aura pris dans l'acte et l'atmosphère même de la guerre, quand ils étaient revêtus, animés d'une responsabilité, d'une conscience,

45

d'une liberté plus grande que la leur — quand ils étaient exaltés jusqu'au bord du monde — tout près de Dieu!

(*La Table Ronde*, n° 90, juin 1955.)

HILAIRE CUNY :

Comme me l'écrivait une fois M. Imbert-Nergal : « On ne saurait faire de Teilhard un crypto-rationaliste », mais, malgré sa « christique », aucun matérialiste dialectique ne voudrait aujourd'hui ignorer l'apport teilhardien pour une tentative de description des phénomènes cosmiques. « La convergence entre marxisme et teilhardisme saute aux yeux, dit Claude Guénot, si profonde que soit la différence d'esprit », et Roger Garaudy, souhaitant « la construction sans fin d'une cité des Hommes » à laquelle œuvreront chrétiens et communistes, conclut : « Le Père Teilhard est déjà citoyen d'une telle cité, lui qui n'a cessé d'appeler au « front de tous ceux qui croient que l'Univers avance encore et que nous sommes chargés de le faire avancer. »

(*Les Lettres françaises*, 1965.)

PIERRE TEILHARD DE CHARDIN :

Comme chaque fois, après un long repos, je me sens repris par la nostalgie du front...

46

... Ce qui nous fera éviter une révolution et une lutte de classes (au moins immédiate), c'est la joie avec laquelle les poilus se retrouveront dans le cadre des travaux familiers, et la ferveur nouvelle avec laquelle la majorité d'entre eux s'y livreront.

(Extrait d'une méditation : « Nostalgie du front. »)

CHARLES PÉGUY :

Le sort le plus grand : mourir jeune dans un combat militaire.

Docteur BESANÇON :

« Les médecins sont des farceurs, me dit un soir Déroulède, en me secouant par le bouton de mon habit. On ne meurt que lorsqu'on y consent. » Il y consentit donc à l'aube de l'année 1914. « Mes amis, s'écria Mlle Déroulède, en sortant de la chambre du mort, venez voir Paul, venez voir comme il est heureux! Il voit la victoire! Nous aurons la guerre cette année! »

Quatre jours après, par un soleil anormal de janvier, Déroulède dans son cercueil traversait Paris et faisait autour de lui la répétition générale de l'Union sacrée. Il était mort pour le motif.

(*Les Jours de l'Homme.*)

Le général DE SÉRIGNY :

1914

Les nègres ont été pitoyables! Ce ne sont plus les vieux soldats de Mangin, mais des mercenaires cueillis un peu

MONUMENTS ET RUINES

au hasard et envoyés au combat après quelques jours seulement d'instruction. Ils se sont fusillés réciproquement.

... Notre popote est excellente! Quel changement avec le régime précédent où tout le monde mourait de faim ou souffrait de l'estomac. Pétain comprend l'importance de l'équilibre physique pour le succès des opérations. Il a amené avec lui un lieutenant de dragons, Molinier, qui est spécialement affecté au ravitaillement et n'hésite pas à aller chercher à Arras ou à Boulogne tout ce qui nous est nécessaire (huîtres, saint-estèphe, etc.)...

... Des zouaves sont mêlés aux tirailleurs pour les étayer. Pourvu qu'ils tiennent! On oublie trop que ces indigènes ne sont pas des soldats; on les a racolés au petit bonheur sur les quais de Tunis en leur promettant de les laisser en Afrique; puis, un beau jour, on les a embarqués de force pour la France, ils se sont révoltés; on en a fusillé quelques-uns et tout est rentré dans l'ordre, mais comment s'étonner de leur attitude au feu?

(L'Express, 23 juillet 1959).

Le général **PÉTAIN** :

1917
La criminelle propagande pacifiste qui a pris naissance à l'intérieur se communique peu à peu aux Armées ou elle trouve un terrain préparé...

... Rentrant de secteur et dès l'arrivée au cantonnement,

les hommes se ruent sur les boutiques locales pour enlever, à n'importe quel prix, les denrées qu'on leur offre. quitte à maudir ceux qui les écorchent et à trouver là matière à de nouvelles récriminations. Ils ont, en réalité, trop d'argent de poche.

En dehors des envois de fonds qui leur viennent de leurs familles, ils perçoivent des allocations trop élevées pour leurs besoins réels, et ils achètent ce qui leur tombe sous la main, surtout du vin! Ils emploient les ruses les plus subtiles pour se procurer des boissons alcooliques malgré les interdictions prononcées, excités d'ailleurs dans cette voie par une grande partie des habitants transformés en débitants.

Ils n'hésitent pas, le cas échéant, à parcourir de longues distances à pied pour aller remplir les bidons de « pinard ». C'est une beuverie générale, dont l'influence sur le bon ordre et la discipline est évidemment des plus fâcheuses.

(« Les Mutineries de 1917 », *Candide*.)

Le maréchal PÉTAIN :

1935

... De tous les envois faits aux armées, au cours de la guerre, le vin était assurément le plus attendu, le plus apprécié du soldat.

Pour se procurer du « pinard », le « poilu » bravait les périls, défiait les obus, narguait les gendarmes. Le ravitaille-

51

ment en vin prenait, à ses yeux, une importance presque égale à celle du ravitaillement en munitions. Le vin a été, pour les combattants, le stimulant bienfaisant des forces morales comme des forces physiques. Ainsi a-t-il largement concouru, à sa manière, à la Victoire.

(Mon Docteur le Vin, 27 juillet 1935.)

Le professeur **ALEXIS CARREL** :

Les hommes sont ainsi construits qu'ils ont besoin de se donner à un être vivant, plutôt qu'à une idée. Beaucoup d'hommes ont sacrifié leur vie pour leur patrie; mais leur sacrifice est beaucoup plus joyeux s'ils meurent pour Napoléon. L'amour d'un homme est plus fort que l'amour d'une idée.

(Le Voyage de Lourdes.)

CHARLES DE GAULLE :

Napoléon, dans le concours des grands hommes, est toujours avant Parmentier...

... Et l'on nous a peint le roi Ubu remportant la victoire pour n'avoir pris aucune disposition.

Il est vrai que, parfois, les militaires, s'exagérant l'impuissance relative de l'intelligence, négligent de s'en servir.

(Au fil de l'épée.)

52

ROBERT L. SCOTT, colonel aviateur de l'armée des États-Unis :

Dieu est mon copilote...

En rentrant de ces exercices, le soir, il m'arrivait de penser à ma femme et à ma fille et d'éprouver le mal du pays. Certain soir, je confiai au général mon désir de voir se terminer cette longue guerre. Que ne pouvions-nous, en pressant sur un bouton, tuer d'un bon coup tous les Japonais et rentrer dans nos foyers!

Il réfléchit quelques instants, puis sourit :

— Non, non, dit-il enfin. Non, Scotty, il ne faut pas souhaiter cela. Il nous faut apprendre à haïr notre ennemi. Quel plaisir, alors, de le tuer lentement!

Sa seule pensée était, sans cesse, de tuer des Japonais.

La nuit tombait et « cuisinier Wang » nous servait un pâté de colombes au poivre et quelques huîtres de conserve venant du pillage de Rangoon...

... Des vers chantaient dans ma mémoire. Dans le ronflement de mon moteur, j'entendais ma propre voix répéter les mots d'un autre pilote de chasse, John Magee, mort pour la Royal Air Force, dans la bataille d'Angleterre :

Escaladant le bleu brûlant du vaste ciel
J'ai survolé les cimes battues par les vents, ignorées de l'aigle
même
Et, sous la coupole sainte de l'espace infini
Tendant la main, j'ai touché la face de Dieu.

(*Dieu est mon copilote*, « Risques et périls », Julliard, 1953.)

Lettre de PIE XII à Franco :

... C'est, en effet, pour défendre l'idéal de la foi et de la civilisation chrétiennes que la partie saine du peuple espagnol s'est dressée courageusement et, avec l'aide de Dieu, a résisté victorieusement aux forces dissolvantes des ennemis du Christ...

... Les desseins de la divine Providence s'étaient manifestés une fois de plus sur l'héroïque nation espagnole qui, choisie par Dieu pour être l'instrument principal de l'évangélisation du Nouveau Monde et le rempart inexpugnable de la foi catholique, a donné aujourd'hui aux prosélytes matérialistes de notre siècle la preuve la plus élevée qu'au-dessus de toutes choses en ce monde il y a les valeurs éternelles de la religion et de l'esprit.

(Le Libertaire, 20 avril 1939.)

FEDERICO GARCIA LORCA :

Si je meurs
laissez le balcon ouvert.

L'enfant mange des oranges.
(De mon balcon je le vois.)

Le moissonneur fauche le blé.
(De mon balcon je l'entends.)

Si je meurs
laissez le balcon ouvert!

(Federico Garcia Lorca fut exécuté en août 1936
par les Phalangistes, à Grenade.)

PIERRE DARCOURT :

De Lattre est un chrétien qui a le plus grand respect pour l'Église et sa hiérarchie...

... En s'arrêtant à Rome, il a d'abord à cœur de présenter ses hommages filiaux à S.S. Pie XII...

... Au Vietnam, deux millions de fidèles attendent la nomination d'un légat apostolique. De Lattre souhaiterait que le poste soit confié à un évêque démarqué qui ne serait ni Vietnamien ni Français...

... Sans être sollicité par son interlocuteur, le Souverain Pontife lui dit à plusieurs reprises : « Nous sommes avec vous. » Au moment de clore l'audience, le pape trace un signe de croix de sa main ouverte et dit au général : « Je bénis l'armée française que vous commandez et que vous représentez, car elle défend là-bas la civilisation chrétienne. »

(*Le Monde et la Vie*, « Spécial Concile ». septembre 1965).

WILLIAM BLAKE :

> *... Alors, Grand-Papa-Néant, dans les airs*
> *Rota, se racla la gorge, toussa :*
> *« J'aime pendre, dit-il; écarteler les chairs;*
> *Aussi bien que guerre et tuerie; j'aime tout ça.*
> *Au diable la prière et l'oraison*
> *Si dix mille morts n'en sont la raison*
> *Soi dans les combats, soit par pendaison... »*

55

ALBERT-PAUL LENTIN :

A propos de la torture :

Le général Massu est un personnage exceptionnel. Le portrait qu'en trace Suzanne Massu, son épouse, n'est pas dépourvu de vérité partielle : « C'est un homme rude et bourru, mais bon catholique, fervent et pratiquant, animé d'une foi quasi primitive et même légèrement dogmatique... »

... Au petit matin, il retrouva d'instinct le réflexe médiéval du chevalier en croisade qui, avant de courir sus aux infidèles ou aux hérétiques, mande près de lui le chapelain pour les ultimes conseils de l'âme. Il convoqua auprès de lui le R.P. Delarue, aumônier de la 10e division parachutiste...

... — Ces scrupules vous honorent, mon général, mais votre devoir est clair. Relisez l'Ancien Testament. Il est rempli d'épisodes significatifs, où Jehovah n'a pas fait tant d'histoires pour exterminer les ennemis d'Israël, parce qu'il sait qu'Israël est porteur de valeurs supérieures. Il faut sauver notre civilisation. Nous ne pouvons pas appliquer à des primitifs barbares le Code pénal des civilisés. Entre deux maux — faire souffrir passagèrement des bandits pris sur le fait, et qui d'ailleurs méritent la mort, et d'autre part laisser massacrer des innocents que l'on sauverait si, par les révélations de ces criminels, on parvenait à anéantir leur gang — il faut sans hésiter choisir le moindre : un interrogatoire sans sadisme mais efficace. Allez, et que Dieu vous garde, qui reconnaîtra les siens.

(Les Temps modernes.)

WILLIAM L. LAURENCE, seul journaliste présent à Alamogordo, le 16 juillet 1945 :

Dans les pâleurs d'avant l'aube, nous assistions à un lever de soleil comme nul être humain n'en avait encore vu. Une gigantesque boule de feu verte jaillissait jusqu'aux nuages, en quelques fractions de seconde, projetant de flamboyants éclairages sur la terre et sur le ciel.

Dans le blockhaus des observateurs, les savants se congratulaient, s'embrassaient, esquissaient des pas de gigue.

(*Adam*, été 1965.)

Le colonel **TIBBETS** :

— Well, garçons, voici venue la nuit que nous attendions tous. Nous partons pour lancer une bombe complètement différente de toutes celles que vous avez vues ou dont vous avez entendu parler jusqu'ici... Comprenez-le bien, cette seule bombe recèle dans ses flancs une puissance destructive équivalente à celle de quelque 20 000 tonnes de T.N.T...

... Il sourit et regagne sa place...

... L'aumônier se lève pour prononcer les paroles habituelles.

— ... Et au nom du Seigneur. Ainsi soit-il, termine-t-il.

— Good luck, nous souhaite l'officier de renseignements. Que Dieu vous bénisse et bonne chance encore!

(M. Miller et A. Spitzer, *Nous avons lancé la bombe atomique.*)

57

L'ÉCHAPPÉE BELLE

Le docteur GEOFFREY FISHER, archevêque de Canterbury :

Le plus grand danger d'aujourd'hui n'est pas la bombe à hydrogène.

Le pire qu'il en adviendrait serait de balayer à un moment donné un grand nombre de gens de ce monde dans l'autre, qui est un monde plus vital et dans lequel il faut de toute façon qu'ils aillent, un jour ou l'autre.

(*The New Statesman and Nation*, 22 mai 1954.)

Le Révérend Père BRUCKBERGER :

... Pour ceux qui savent remonter des effets aux causes, l'impiété dans la société est un mal plus radical et plus abominable que les camps de concentration et les fours crématoires.

(*Carrefour*, mercredi 20 février 1952.)

PAUL CLAUDEL :

Ce n'est pas ma faute si Dieu existe.

(*Discours et remerciements*, N.R.F., 1946.)

ANALECTES

... Le petit peloton se détacha d'un angle de l'immense carré. Quatre hommmes; au milieu, le traître tout raide; sur un coté, l'exécuteur, véritable géant. Les cinq à six mille personnes présentes et qu'émouvait cette tragique attente eurent une même pensée : Judas marche trop bien!...

... Dans ce désert, il allait d'un pas ferme, la mâchoire haute, le corps tout d'une pièce, la main gauche sur la poignée du sabre, la droite balancée. Son chien eut-il léché ces mains-là? Par une ligne diagonale, ce groupe sinistre arriva jusqu'à quatre pas du général figé sur son cheval, pour s'arrêter brusquement. Les quatre artilleurs reculèrent, le greffier parla, la silhouette rigide ne broncha point, sinon pour lever un bras et jeter un cri d'innocence, tandis que l'adjudant de la Garde, terrible par sa taille et magnifique de tenue, le dépouillait si vite et si lentement de ses boutons, de ses galons, de ses épaulettes, de ses bandes rouges, le tiraillait, le dépiautait, l'endeuillait. Le plus terrible fut quand, sur le genou. il brisa le sabre...

...Quand il s'avança vers nous, le képi enfoncé sur le

front, le lorgnon sur son nez ethnique, l'œil furieux et sec, toute la face dure et qui bravait, il s'écria, que dis-je? il ordonna, d'une voix insupportable : « Vous direz à la France entière que je suis un innocent. »

« Judas! Traître! » Ce fut une tempête. Fatale puissance qu'il porte en lui, ou puissance des idées associées par son nom, le malheureux détermine chez tous des décharges d'antipathie. Sa figure de race étrangère, sa raideur impassible, toute son atmosphère révolte le spectateur le plus maître de soi. J'ai vu Emile Henry pieds liés, mains liées, qu'on traînait à la guillotine, je n'eus dans mon cœur que la plus sincère fraternité pour un malheureux de ma race. Mais qu'ai-je à faire avec le nommé Dreyfus?

Maurice **BARRÈS**

(*Scènes et doctrines du nationalisme*, 1889.)

... Le catholicisme est une doctrine merveilleusement étroite, jalouse et intolérante...

... Bien entendu, prenez tout ça « cum grano salis ». J'essaie de me faire comprendre comme je peux, et n'ai nullement l'intention de faire le docteur. (Quand je me regarde dans la glace pour me raser, il y a des moments où je trouve que je commence à ressembler à Caïphe et à l'évêque Cauchon : il ne me manque plus que la clémentine bordée de fourrure.) Tout ce que j'ai dit explique pourquoi les catholiques, qui ne sont pas des saints, prennent parfois cet air séparé et clos des zélotes qui les rend aussi répugnants que des Juifs.

Paul CLAUDEL

(Lettre à Francis Jammes, 8 mai 1900.)

... FORS L'HORREUR

Peu de chose, peu d'être. Le silence est morne et mou, on n'entend même plus le tocsin de Saint-Tintouin de Padoue.

Depuis de fort longs temps, les mauvaises nouvelles n'étaient plus quotidiennes, le Globe, la Terre, le Monde ne donnaient plus signe de vie.

Le Transigeant et France-Noir ne paraissaient plus non plus, et soudain les voix d'Inter-Planétaire et celle de l'Horloge Alarmante se sont tues.

Dans la poussière de ruines de rues d'un quartier disparu, un crieur, un suppliant, un habakusha de Ménilmontant, manchot sans sébile et cul-de-jatte sans chariot, ses journaux entre les dents, avance par soubresauts.

— Demandez l'Horreur! Dernière heure! Demandez le journal des derniers téléspectateurs! Demandez l'Horreur!

Des survivants, des sous-vivants lui arrachent ses papiers des dents et se traînent vers le grand

VENTS ET MARÉES

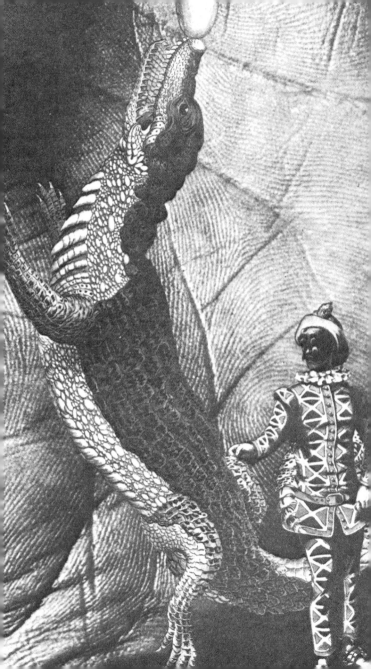

écran paranoïamique tout bousillé d'incendies techniques mais d'où émergent parfois des bribes d'images fort belles, des paysages d'eau.

Palinodique et naufragée, la voix d'un speaker les commente :

— Nous vous parlons d'Oreaster, des bas-fonds de la jungle des mers, où les rebelles de toutes couleurs vivent comme poissons dans l'eau, oiseaux sur la branche ou, dans son champ, le laboureur.

« Ce n'est plus le temps de l'escalade, ni des pays rasés à la minute, des villes escamotées au N^{ième} de seconde.

« C'est la descente dans les profondeurs, là où les hommes ne semblent plus être tout à fait des hommes mais déjà des Homophibies ou des Amphibies-hommes, pour être plus clair.

« Mutants de la Mer Noire, des Sargasses, du Fromveur ou de la Baltique, ils se disent frères des Sizigies, camarades des marées, nés de terre et mer méconnues, et prétendent descendre de la plus haute atlantiquité.

« Ce sont, en réalité, des sur-sous-développés, des sauvages, incapables d'apprécier les bienfaits de la Satellisation.

« Évadés, pour la plupart, des camps d'électro-rééducation nationale, lors de la dernière conflagration terriphérique, ils ne respectent aucune des lois de la guerre nucléaire votées et promulguées au dernier congrès de la Satiété des Notions, à

67

Marsilia, lors du grand festival de Saint-Mars en carème, sur les flots bleus et métalliques de la semble-mer Adriasynthétique.

« A peine débarqués, nos " marines " sont décimés par des scapophodes, médusés par des cnétophores, étouffés par des cérébratilus, traqués par les orphies au long bec, les calmars géants, les tortues carnassières et les lièvres de mer.

« Tous ces fauves de l'eau, les rebelles les ont dressés à courir les " marines ", comme à la belle époque nous dressions nos bons chiens à courir le nègre.

« Et nos plus belles unités submersibles sont taraudées, perforées, démantelées par les oursins foreurs, les crabes fouisseurs et les poissons-marteau excavateurs.

« ... Nous apprenons à l'instant que des cachalots porte-espadons, sur le grand quartier général, ont lancé leurs escadrillons.

« ... Ici Oreaster, dernière heure.

« L'amiral Nelson-Bayard-Courbett mortellement blessé !

« Dernière heure ! Triste ironie du sort, c'était sur son horaire celle de sa relaxation et, lorsque la mort l'a frappé, il était tout bonnement plongé dans la lecture d'un vieux grimoire de science-crucifiction : " Guerre et Paix sur la Terre aux Hommes de bonne volonté. "

« Fort heureusement — et c'est hélas façon de

parler — nous avons pu recueillir ses dernières paroles :

« — Tout est perdu fors l'Horreur !

« Cependant, contre mauvaise fortune, nous gardons bon courage et bon cœur, mais la lutte sera dure, à quoi bon le dissimuler !

« L'ennemi est sans scrupules, sans foi ni loi, sans religiosité, et il n'a pas hésité à ourdir le plus méprisable mais le plus redoutable, bien que fort ancien, piège à hommes qui ait jamais été imaginé.

« Dans les roches roses de Turbularia, les rebelles ont aménagé un immense « quartier réservé » où des sirènes humaines, drapées d'herbes rouges et d'algues corallines, attirent nos " marines ".

« Ces " créatures ", rescapées de Harlem ou du Barrio-Chino, réfugiées d'Amsterdam, Hambourg, Sao Paulo, ou Saint-Denis du Macadam, à l' « Eldorado de la Méduse » font la Grande Pariade de l'Amour et, de plus en plus nombreux chaque jour, guidés par les noctuliques, ces lucioles des profondeurs, vers les grands bordels de la mer se ruent les déserteurs de l'Horreur... »

... Mais, sur le grand écran délabré, un carré blanc rectangulaire vole en éclats triangulaires.

Aveuglés, les derniers télévisionnaires, dans le crépuscule noir, à tâtons, sans nul mur à raser, regagnent leur demeure, leur trou creusé çà ou là, ou ailleurs.

COMPLAINTE DU FUSILLÉ

Ils m'ont tiré au mauvais sort
par pitié
J'étais mauvaise cible
le ciel était si bleu
Ils ont levé les yeux
en invoquant leur dieu
Et celui qui s'est approché
seul
sans se hâter
tout comme eux
un petit peu a tiré à côté
à côté du dernier ressort
à la grâce des morts
à la grâce de dieu.

Ils m'ont tiré au mauvais sort
par les pieds
et m'ont jeté dans la charrette des morts
des morts tirés des rangs

des rangs de leur vivant
numéroté
leur vivant hostile à la mort
Et je suis là près d'eux
vivant encore un peu
tuant le temps de mon mal
tuant le temps de mon mieux.

LES OVATIONS CÉLÈBRES

LA SENTINELLE

Qui vive?

DES VOIX

Vive le roi !
Vive le président !
Vive l'ampleur !
Vive l'armée !
Vive Dieu !
Vive la misère !
Et vivent les trois
les six-quatre-deux couleurs !
Vive la mort !
Vive la guerre !

> La sentinelle met l'arme au pied.
> Une autre voix se fait entendre.

LA SENTINELLE

Qui vive ?

FÊTE POST-COLOMBIENNE ▶

LA VOIX

Vive la vie !

LA SENTINELLE

Vive la vie...
Bien sûr qu'elle vit, la vie !
La preuve, c'est qu'elle meurt !

> Elle tire.
> La voix se tait.

◄ *PRÉPARATIFS D'UNE FÊTE*

L'ARGUMENT MASSU

Ce n'est pas de gaieté de cœur que nous nous sommes mis l'esprit à la torture pour légitimer la torture.

Nous avons payé de notre personne le droit d'affirmer qu'il serait oiseux et vain de remettre tout en question et de tenter d'agiter encore les marionnettes de la douleur dans les vieux décors de l'horreur.

La question n'est pas là, n'a jamais été là.

La question, c'est la torture. Pourquoi la remettre en question?

On ne torture pas la torture, on ne questionne pas la question.

ET LES CABIRES ONT DANSÉ

La victoire de Samothrace
Vénus d'un coup de pied l'a décapitée
Et les restes de sa défaite
gisent au fond de la mer Égée.

IN VINO VERITAS

En mensonge
je vous le dis
je serai plus haut sur ma croix
que la vérité dans son puits
et tous
vous en serez réduits
à boire ce mauvais sang
que je me suis fait
pour vous empoisonner la vie
Et vous resterez là
figés au bord du puits
et la soif vous fera grincer des dents
mais vous n'oserez pas faire grincer la poulie.

JE VOUS SALIS, MA RUE

Je vous salis ma rue
et je m'en excuse
un homme-sandwich m'a donné un prospectus
de l'Armée du Salut
je l'ai jeté
et il est là tout froissé
dans votre ruisseau
et l'eau tarde à couler
Pardonnez-moi cette offense
les éboueurs vont passer
avec leur valet mécanique
et tout sera effacé
Alors je dirai
je vous salue ma rue pleine d'ogresses
charmantes comme dans les contes chinois
et qui vous plantent au cœur
l'épée de cristal du plaisir
dans la plaie heureuse du désir

Je vous salue ma rue pleine de grâce
l'éboueur est avec nous.

L'HEURE DU CRIME

Le policier :
— Où étiez-vous le 25 décembre à zéro heure?

Le meurtrier :
— En voilà une question !
A zéro heure pouvais-je être ailleurs que nulle part !

Le policier :
— C'est exact.
Vous êtes libre.

Le meurtrier :
·— Comme l'heure.

PEINTRE ET MODÈLES ▶

PORTRAIT DE PABLO PICASSO ▶

DIURNES

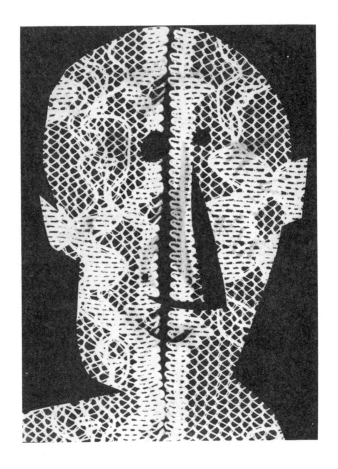

LE CORRIGAN A LA DENTELLE
(PHOTO D'ANDRÉ VILLERS)

S'il n'y avait que sept merveilles du « monde » sur la terre, cela ne vaudrait pas la peine d'y aller voir.

Sans parler de la mer, des femmes ou du soleil, chaque caillou a son histoire. Chaque taillis sa forêt vierge, chaque ruine sa muraille de Chine, ses falaises d'Étretat, et le moindre coin de rue ses jardins suspendus.

L'échelle humaine est un outil très approximatif et le plus laid des poux sur la tête du plus chauve des hommes, c'est quelqu'un.

Le moindre grain de sable est grandeur nature. Mais la nature n'est pas mégalomane : elle est nature.

Et dans sa chambre verte, elle aide aussi bien le peintre que le photographe à développer tous les portraits de ses décors, tous les échos de ses couleurs, toutes les figures de ses ballets.

Diurnes...

Le photographe s'appelle André Villers. C'est lui qui a fait les décors où le soleil levant s'étire au golfe Juan, traverse Vallauris et la Californie, avant d'aller se coucher avec les filles de Camaret.

Anarchitecture de plâtre, de grains de riz, de gravier, de miroirs d'eau, d'horizons et de nuages, et de caisses d'emballage et de verre cathédrale, de terre et de mer, de vigne vierge, d'herbes folles, d'asparagus, de charpie, de dentelle, d'oliviers foudroyés.

Diurnes...

Le chorégraphe s'appelle Pablo Picasso, le musicien aussi.

C'est lui qui a fait les figures, avec la lumière et avec des ciseaux, comme ailleurs avec des crayons, des pinceaux et ses mains d'œuvre, de chef-d'œuvre, ses outils habituels.

Et quand il défigure, figure ou transfigure, la nature ne lui en tient pas rigueur.

Elle est nature, secrète et publique, il est comme elle.

C'est un enfant naturel.

Diurnes...

C'est lui qui a joué tous les airs chantés par la femme au cheval, repris par l'homme à l'oiseau, par l'homme aux chats et le magicien aux toros.

C'est lui qui n'a pas fait la mariée trop belle, ni pas assez belle, mais tout simplement belle comme elle est.

Et ces petits faunes, ces petits korrigans, si vous voulez savoir leur nom, ils s'appellent Hic et Nunc ou Hurbi et Torbi, ils sont là parce que bon leur semble, allergiques au désespoir autant qu'à la mélancolie, et sur toutes choses et autres ils donnent leur avis :

URBI

Sans doute, je suis celui qui peut être.

TORBI

Peut-être, je suis celui qui s'en doute.

HIC

Rien de nouveau sous le soleil.

NUNC

Mais dedans?

Diurnes...

URBI

Je n'ai pas ouvert l'œil de la nuit.

TORBI

Je n'ai pas prêté l'oreille au soir.

EN CHŒUR

Et nous n'avons pas fermé la bouche du matin.
Il y a la nuit
il y a le matin
il y a l'après-midi
et l'après-midi c'est rien.
Il y a le soir aussi
le soir, c'est pas grand-chose,
l'apprentissage de la nuit.
La nuit
elle
c'est grand-chose et grand être
la nuit, c'est grand jour déjà
la nuit, c'est l'amour
la nuit, c'est le jour
la nuit, c'est le matin
les heures le disent
hier comme demain.

Diurnes...

Les petits faunes s'en vont par le côté court et Hurlediurne entre en scène, pousse son cri et réveille un général qui dort du côté cimetière, du côté jardin.

HURLEDIURNE

Comment vous portez-vous, mon Général?

LE GÉNÉRAL

En triomphe, comme d'habitude.

Hurlediurne bat des ailes, lance un tricocoricolore et le général se rendort.

Son rêve passe.

Paysages de gloire, paysages assagis, derniers pays sauvages, cultivés et meurtris.

Ultime atome, prestige de la guerre, le libre arbitre sur le ring du monde gesticule et déconne, supplie et s'abandonne.

Le paysage est chaos.

Mais on entend les cris des marchands de journaux.

Édition spatiale...

Comme hier aux juifs, la chasse aux ratons est ouverte et la sclérose policière gagne allégrement les pauvres artères de la ville lumière.

Les ranimeurs de flamme pourchassent le

pigeon inconnu, la colombe de la paix qui a osé salir, sur la tête de bronze, le couvre-chef sacré.

Au catch, les manchettes spectaculaires de l'Ange blanc sont anodines et charmantes auprès de celles des quotidiens et des hebdomadaires.

Édition spatiale...

Demandez Marie Nucléaire, les tout derniers modèles de la mode d'hiver pour abris atomiques.

Midas, un nouveau satellite, entoure la terre d'une ceinture d'épingles de sûreté, la fermeture-éclair est dépassée.

Dépassée aussi la grosse Bertha, comme le Trinototruol d'Hiroshima, le cordon Bickford, la corde à sauter, le soixante-quinze, la sarbacane, l'arbalète ou le chassepot.

Édition spatiale...

Le Trinototruel, 25 000 fois plus important que le Trinototruol. La bombe de 50 mégatonnes, si elle éclatait, ferait

PLUS D'ECLAT QUE 10.000 SOLEILS

Le général se réveille et observe le plus profond silence. Mais, las de se sentir prudemment observé, le plus profond silence éclate :

90

RETOUR DE LA PÊCHE ▶

— Je m'appelle Vacarme et voilà mes enfants :
l'un s'appelle TOHU, l'autre s'appelle BOHU.

TOHU

Ce qui est écrit...

BOHU

... C'est mes cris.

Et ils oublient le figurant ébloui par les soleils
des tueurs mêlés aux étoiles des képis.

Diurnes...

TOHU BOHU

Ce n'est pas par hasard — le hasard ne joue
jamais — que nous sommes ici pour jouer la
comédie, pas la divine, nous avons passé l'âge du
catéchisme de désespérance et depuis toujours, et
même un peu avant, savons fort bien que l'enfer de
Durand Alighieri est dépavé de ses mortuaires et
bonnes velléités et qu'il n'est pas besoin de lire
entre les lignes pour savoir qu'elles ne servent à
rien d'autre qu'à essayer vainement de dissimuler
l'impossibilité de décrire l'indescriptible, l'inal-
térable ennui du paradis céleste.

Sur la plus épaisse des soupes théologiques,
métaphysiques, scientifiques et reconnues de des-

truction publique, il y a toujours un cheveu de Vénus.

Nous ne tenons qu'à ce cheveu et grâce à lui nous ne prenons jamais le deuil de la vie.

Que d'autres jouent le Cid, l'Homicide, le Pain d'Or ou Tête dure et de grandes néo-pièces où le néo-héros erre dans les acoulisses d'un grand anti-théâtre en pleine acomédie et dédramaturgie, à la recherche de la femme de sa vie, traquée et détra-quée par le mari de sa mort...

... Et la pauvre démente religieuse, qui se réfugie dans la déiphagie, paie son denier à Dieu et le dévore.

Non, ce que nous jouons, c'est une outragédie, une pièce de théâtre de viande, d'eau, de monnaie, ça s'appelle « Le Désir attrapé par la queue », et c'est Picasso qui l'a faite un jour qu'elle lui a passé par la tête.

Tout comme l'homme au mouton lui a passé entre les mains, l'homme à l'oiseau entre ses ciseaux.

Diurnes...

L'homme à l'oiseau entre en scène et donne son avis :

— A partir de l'avenir, l'oiseau de l'instant même suit son itinéraire de rêve et de désir.

Moi, fonctionnaire naturel de la vie, je touche mon salaire et de jour et de nuit ; l'heure me paie, les années me ruinent et déjà me remercient.

Je suis toujours fidèle à cette vie ; tôt ou tard, bien sûr, elle va me quitter.

Qu'elle en aime d'autres comme elle m'a aimé ! Entre elle et moi, il n'y aura rien de changé.

J'ai été seulement malheureux quand ceux que j'aimais n'étaient pas aussi heureux que moi.

Mais je n'enviais rien de leur malheur.

En la quittant, cette vie, je ne lui dirai pas adieu puisque je n'aurai d'yeux que pour elle. Je lui dirai au revoir, à bientôt, à hier, ma belle.

Et l'homme et l'oiseau s'envolent, leur page a été tournée. L'homme aux chats arrive de l'autre côté, à cheval sur le cheval que la femme à la plage lui a prêté.

Diurnes...

L'homme aux chats :

— La soif des plantes est celle de la même eau que la soif des chevaux, des oiseaux, et des chiens et celle des chameaux, des tigres et des humains.

Elle est tout aussi bien la soif du tournesol que celle de Vincent, que celle des toros ou celle de Pablo.

Et pourquoi est-ce que je parle de la soif, peut-etre, sans nul doute, parce que j'ai envie de boire un coup.

Après tout, la soif de la vigne est sœur de la soif du vin. Allez, mes bêtes, allez, mes chats !

Et tant mieux si le roseau pensant ne pousse plus là où le cheval de ma belle aura passé.

Allez, mes semblables, mes lointains !

Nous avons, tous les quatre, les sept orifices de la vie ou huit si nous comptons deux narines ou deux naseaux pour un seul nez, un seul museau.

— On va, dit le cheval.

— On va, disent les chats.

Et ils vont.

Diurnes...

Et le magicien aux toros entre à son tour, lui aussi avec bêtes et gens. L'index levé, il écoute une voix qu'il a appelée, pour s'amuser.

Cette voix hiérarchique, soliloquente et péremptoire, c'est la voix de l'esprit critique d'art.

L'ESPRIT

Picasso, encore Picasso, toujours Picasso, vous avouerez...

LE MAGICIEN

... Non.

L'ESPRIT

Dommage, enfin j'espère me faire mieux

comprendre en affirmant que la peinture d'hier comme celle d'aujourd'hui, qu'elle soit informelle, tachiste, abstractive, photophobique, anomalique, saccadéiste ou réflecto-catoptrique, a fait son temps. Nous allons vers la peinture détonante et la sculpture nucléaire, et je me flatte d'avoir découvert un peintre qui met la dernière main à son premier chef-d'œuvre : une Mater Colorosa entièrement peinte au daltonateur qui fait exploser les couleurs. Oh, je ne nie pas les valeurs du passé même les plus récentes et les plus discutées, je sais fort bien que Rousseau était douanier et que Cheval était facteur, architecte par-dessus le marché, et qu'il a été bâtir des châteaux en Espagne sous le nom d'Antonio Gaudi, je n'ignore pas non plus que Raphaël était le premier des peintres transfiguratifs et...

— Laisse parler la chèvre, dit le magicien.

Diurnes...

LA CHÈVRE

Je suis la chèvre aux gravois, à la ferraille, au fil de fer, à la caisse d'emballage et au bord de la mer. A Vallauris, en plâtre, j'ai vu le jour ; un peu plus tard, j'ai bronzé.

Je ne suis pas la chèvre de Monsieur Seguin, je suis la chèvre de Monsieur Pablo. Toute une nuit, je me suis battue avec la femme d'un loup qui tournait à Vallauris, autour de l'homme aux moutons.

Au matin, d'autres l'ont mangée au fenouil, comme c'est l'usage dans la région.

Je ne me suis pas battue avec le loup, le loup c'est le garou, le garou c'est le diable, le diable c'est le bouc et le bouc c'est mon homme. Il est fort et il me dévore de caresses, tout en m'appelant sa faiblesse.

Et c'est bien malgré lui qu'il tient depuis des siècles dans le grand malédictionnaire des grands bibliothécaires, comme le Juif Errant, le rôle de l'émissaire, alors qu'il est le frère des splendides chats noirs que l'on précipitait du haut des cathédrales en les hurlant sorciers et leurs chattes sorcières.

Fort heureusement, chaque réussite est l'échec d'autre chose. A ce jeu Dieu est mat. Le diable brille et le dame.

J'ai été élevée à la dure mais en même temps aux oiseaux, au soleil, à la grêle et ici au mistral et un peu partout ailleurs au vent du nord et de l'amour, comme tant d'enfants humains au vent des corridors.

Et j'ai vu en plein soleil des pénitents noirs qui jouaient à la pétanque, un beau Vendredi Saint, avec des oursins et leurs doigts étaient ensanglantés, le cochonnet tout rouge et sanguifié.

Diurnes...

Mon maître ne m'a rien appris, il m'a seulement modelée, caressée et ici il me laisse aller à ma guise sur le papier glacé.

Même quand il ne fait rien, il travaille jour et nuit et n'a jamais une minute à lui, il n'a pas le temps, il n'a pas l'heure et conjugue sa vie au futur antérieur, au passé infini.

Où qu'il demeure, il garde grande ouverte sa fenêtre qui donne sur la mer, sur la terre, sur la vie.

Il regarde le paysage, Antibes ou Guernica et les femmes de partout, la lumière de toujours ou la Grèce d'autrefois.

Tous ces paysages, il les voit, et les mains dans les poches, à sa guise, à sa tristesse ou sa gaieté soudaine, il les modifie.

Et puis il referme la fenêtre et signe sur le chambranle.

Le paysage et tout cela est encadré et tout cela on l'emporte dans un musée.

Je l'ai vu faire, c'est comme ça qu'il fait.

Diurnes...

Et le bouc écoute la chèvre et ne montre ni le bout de l'oreille ni celui de la corne.

99

◄ *CHÂTEAU DE GILLES (ESPAGNE)*

LE BOUC

Même en silhouette, je n'apparais pas dans cet album et Dieu sait pourquoi, puisque sur toutes ses iconographies le diable, Satan ou Merdezuth ont mes pieds et ma queue et mes cornes.

Et puis c'est aussi l'odeur, je ne suis nulle part et peut-être même ici en odeur de sainteté, mais un jour j'irai chez l'enchanteur Guerlain.

Avec les graisses de ses baleines, il me confectionnera un parfum de sirène, et délivré de mon complexe odoriférique, je pourrai comme les autres aller dans le Monde et là je rendrai visite au Sphinx en même temps qu'à Œdipe. Je leur poserai, ce sera bien mon tour, une énigme, une charade, une innocente devinette :

Mon premier est un dé.
Mon second est un nid.
Mon troisième est un nœud.
Mon quatrième est un nu.
Votre tout est un leurre.

Et le bouc prend congé, de très bonne humeur et bonne odeur peut-être.

Et la chèvre est fière de son homme, celui qui peut lui faire peur, lui faire plaisir et même quelquefois la faire rire.

Elle s'en va tenir compagnie à la Jacqueline

aux arbres, aux fruits, à l'étamine et au regard d'oiseau.

Elle lui parle sans dire un mot.

Diurnes...

Elle ne lui parle pas son et lumière, elle lui parle chèvre et chevreau, enfant d'humain, herbe et soleil, sourires et sanglots.

Elle lui parle amour, délire et ogre.

La Jacqueline sourit, l'écoute, la comprend ; l'ogre, elle le connaît, elle sait qui c'est, elle vit avec lui ; elle sait aussi qu'il peut être la bête de la Belle ou Barbe-Bleue et, si ça lui plaît, même le Petit Poucet.

Il lui a offert tous les cailloux blancs de sa merveilleuse forêt.

ADONIDES

Quand la vie est un collier
chaque jour est une perle
Quand la vie est une cage
chaque jour est une larme
Quand la vie est une forêt
chaque jour est un arbre
Quand la vie est un arbre
chaque jour est une branche
Quand la vie est une branche
chaque jour est une feuille

Quand la vie c'est la mer
chaque jour est une vague
chaque vague une plainte
une chanson un frisson
Quand la vie est un jeu
chaque jour est une carte
le carreau ou le trèfle
le pique le malheur

Et quand c'est le bonheur
les cartes de l'amour
c'est le cul et le cœur.

POURQUOI POURQUOI?

Depuis longtemps
quand ils disent pourquoi
quand ils répètent pourquoi
et quand ils vous ordonnent
de quémander pourquoi
c'est pour taire pourquoi
escamoter pour moi

Question à rien
réponse à tout
Il n'y a pas de problème
Il n'y a que des professeurs

Et déjà le piège prend peur
le piège à cons
le piège angoisse
le piège terreur
Pas même ignorée la question
pas même réfutée la question

pas même huée moquée tournée en dérision
Déjà un grand savoir commence
l'heureuse démantibulation.

RÊVE

Quelque part où il y a la mer
— dans le rêve je sais où c'est —
une fille nue
sans être remarquée
traverse une foule tout habillée
Elle me surprend sans me troubler
C'est d'abord cela mon rêve
mais soudain je vois ma mère
dans une grande voiture d'un autrefois encore
    récent
une voiture pour Noces et Banquets
avec les chevaux le cocher
La mariée c'est ma mère
Est-elle en blanc
je n'en sais plus rien maintenant
Près d'elle il y a mon père
ou peut-être que je l'ajoute maintenant
Et ma mère m'aperçoit
et sourit de son sourire toujours enfant

mais elle a pour moi en même temps
un regard de tendre et douloureux reproche
Je n'ai pas d'excuse
j'aurais dû aller à son mariage
Bien sûr je n'étais pas invité
Je suis de la famille et on m'attendait
maintenant il est trop tard
la fête est passée
et ce n'était pas pour moi
la moindre mais la plus pressante des choses à
    faire
Je ne l'ai pas faite.

(11 décembre 1960, 4 heures le matin.)

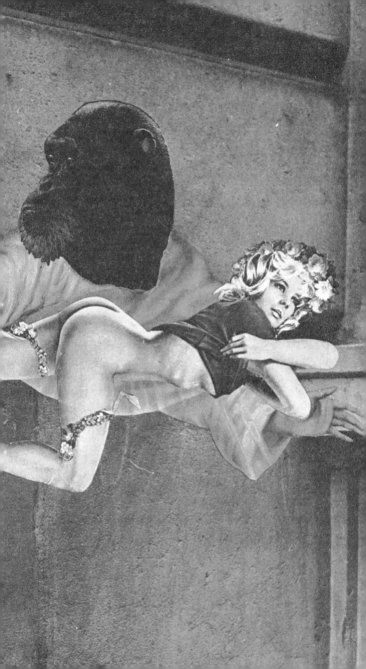

C'est quand il n'y a
pas grand monde
qu'il y a
grand-chose.

◀ *PETIT SABBAT*

J'ignore tout ce que je sais
et ne sais rien du tout
de tout ce que j'ignore
Comment pourrais-je croire à la mort
puisque je sais que tu mourras un jour.

Les Gaulois ne craignaient
qu'une seule chose
Ils savaient la science-désastre
Ils étaient
Prénucléaires.

Un homme et une femme
se regardent sans rien dire
Ni l'un ni l'autre
ne se taisent
mais ils ne peuvent s'entendre.

Mangez sur l'herbe
Dépêchez-vous
Un jour ou l'autre
l'herbe mangera sur vous.

Enterrée la morte
arrachée la fleur
éperdu l'amour.

Si j'avais une sœur
je t'aimerais mieux que ma sœur
Si j'avais tout l'or du monde
je le jetterais à tes pieds
Si j'avais un harem
tu serais ma favorite.

J'aime mieux
tes lèvres
que mes livres.

LE PARADIS MARIN

... et
EVE vécut avec un
ANGE dans une
ILE
... et
l'habit bleu de l'ange
fut jeté aux orties.

La guerre déclarée
j'ai pris mon courage
à deux mains
et je l'ai étranglé.

Les secrets les mieux gardés
sont ceux qui jamais n'ont été demandés.

— Rêvez-vous en couleurs?
demande l'esthéticien.
— En quoi voulez-vous que je rêve?
répond l'Indien.

Beauté
qui pourrait inventer
un nom plus beau
plus calme
plus indéniable
plus mouvementé
Beauté
Souvent j'emploie ton nom
et je travaille à ta publicité
je ne suis pas le patron
Beauté
je suis ton employé.

Comme cela nous semblerait flou
inconsistant et inquiétant
une tête de vivant
s'il n'y avait pas une tête de mort dedans.

Etre ange
c'est étrange
dit l'ange
Etre âne
c'est étrâne
dit l'âne
Cela ne veut rien dire
dit l'ange en haussant les ailes
Pourtant
si étrange veut dire quelque chose
étrâne est plus étrange qu'étrange
dit l'âne
Étrange est
dit l'ange en tapant des pieds
Étranger vous-même
dit l'âne
Et il s'envole.

C'ÉTAIT L'ÉTÉ

Dans ses deux mains
Sous ma jupe relevée
j'étais nue comme jamais
Tout mon jeune corps
était en fête
des cheveux de ma tête
aux ongles de mes pieds
J'étais une source qui guidait
la baguette du sourcier
Nous faisions le mal
et le mal était bienfait.

L'INTERVIEW

— J'ai lu les Bucoliques, les Provinciales,
   les Misérables, les Illuminés,
   les Diaboliques, les Désenchantées,
   les Déracinés, les Conquérants,
   les Indifférents...
— Et que faut-il lire maintenant?
— Les Emmerdants, il faut bien
   lire avec son temps !

Le vrai jardinier
se découvre
devant
la pensée sauvage.

ORAISON FUNÈBRE

I

Pérore pérore pérore
pérore pérore
pérore Raison !

II

Atchoum
à Bossuet !

Un homme et une femme
jamais ne se sont vus
Ils vivent très loin l'un de l'autre
et dans des villes différentes
Un jour
ils lisent la même page d'un même livre
en même temps
à la seconde seconde
de la première minute
de leur dernière heure
exactement.

Un seul oiseau en cage
la liberté est en deuil
Oh ma jeunesse
laisse à ma joie de vivre
la force de te tuer.

Ta main
c'est un visage
Ton bracelet
un collier
Tes deux bagues
tes yeux
Le velours de ta robe
le blond de tes cheveux.

Pierres qui reposez
sur cette froide nonne.

Le temps
mène la vie dure
à ceux qui veulent le tuer.

Ce n'est pas moi qui chante
c'est les fleurs que j'ai vues
ce n'est pas moi qui ris
c'est le vin que j'ai bu
ce n'est pas moi qui pleure
c'est mon amour perdu.

LA VEILLE AU SOIR

La veilleuse du surveillant s'est éteinte
Et le surveillant dans la nuit
s'est éteint aussi
Les enfants en rêvant
avaient soufflé sur lui.

Dieu fait ce qu'il veut de ses mains
mais le Diable fait beaucoup mieux de
     sa queue
Quand Dieu fait la vache
le Diable fait la corrida
Et quand Dieu fait la mauvaise tête
le Diable fait le joli cœur.

On ne se voit pas dans la mer.

Dans les trous de la mémoire
    on se cache
Dans ses montagnes
    on s'égare.

PETIT PAYSAGE U.S.A.

EN ARGOT DANS LE TEXTE

Ève adorait le soleil
et le soleil a doré Ève
C'est pourquoi
dans la langue du plaisir
Reluire
veut dire jouir
et le dit.

Toute réflexion faite
par ces temps de malheur
le miroir s'est brisé.

LETTRE D'UN PETIT MONSTRE

Pourquoi dire des monstruosités à un monstre?
Est-ce utile et gentil pour lui?
C'est terrible d'être un monstre sans le savoir
Mais comment un monstre peut-il se débrouiller
pour vivre heureux sachant ce qu'il est?
Pourquoi l'avoir renseigné?
Pauvre monstre
Il est bien gentil pourtant
Tu ne le connais pas.

Et saint Hubert
but le calice
jusqu'à l'hallali.

Le sublime est corrosif.

Quand le rêveur revient à la vie
la vie parfois lui sourit
Plus souvent lui règle son compte
et le congédie.

Il ne suffit pas d'avoir de Belles–Lettres
pour écrire un vrai alphabet.

Les sorciers
lorsqu'ils font de terrifiantes conneries
on accuse toujours l'apprenti.

Je suis heureuse
Il m'a dit hier
qu'il m'aimait
Je suis heureuse et fière
et libre comme le jour
Il n'a pas ajouté
que c'était pour toujours.

LE DÉFILÉ

Ombres sans nombre
nombres sans ombre
à l'infini
au pas cadencé
Nombres des ombres
ombres des nombres
à l'infini
au pas commencé.

Et Dieu
surprenant Adam et Ève
leur dit
Continuez je vous en prie
ne vous dérangez pas pour moi
Faites comme si je n'existais pas.

Le cheval ne mange pas de jockey
Le tigre ne mange pas de saumon
L'agneau ne mange pas de Pascal.

La pluie
ne tombe pas du ciel
l'oiseau
comme nous
est un animal terrestre.

LA PRINCIPAUTÉ DES POÈTES

Quelles images envoient–ils
dans la glace
qui leur renvoie de telles
grimaces?

Le chat vit beaucoup moins longtemps
    que l'homme
Qu'importe s'il vit davantage
Mais les chevaux meurent à vingt ans.

PÉRIPLE

A partir
de l'Avenir
l'oiseau de l'instant même
trace l'itinéraire
du rêve et du plaisir.

Dieu a fait l'homme
à son image
L'exhibitionniste
lui rend hommage.

DES UNS ET DES AUTRES

(La scène se passe dans une miroiterie.)

UN UN
(très triste)

Je suis seul !

UN AUTRE
(aussi triste que lui)

Tu n'es pas le seul !

L'UN
(qui étudie l'autre)

Qui es-tu ?

L'AUTRE

Est-ce que je sais qui c'est, tu ?

L'UN

Et je, et il, et elle, et si je tue il, que dit-elle ?

L'AUTRE

Elle ne dit rien, si elle sait tu.

L'UN

Devant un miroir, je suis deux.

L'AUTRE

Oui. Mais qui es-tu, hein?
Qui es-tu un?
Hein, qui es-tu deux?

L'UN

Je suis un quiet quand je suis un, et inquiet quand
    je suis deux.

SUIVEZ LE GUIDE !

LE GUIDE

Suivez le guide !

UN TOURISTE

Je suis le guide.

SON CHIEN

Je suis mon maître.

UNE JOLIE FEMME

Je suis le guide. Donc je ne suis pas une femme, puisque je suis un homme.

LE TOURISTE

Je suis cette jolie femme.

SON CHIEN

Et moi aussi, je suis cette femme, puisque je suis mon maître.

LE GUIDE

Suivez le guide. Moi, je ne suis pas le guide, puisque je suis le guide.

LE TOURISTE

Je voudrais bien savoir qui est cette jolie femme que je suis.

SON CHIEN

Je ne suis pas mon maître, puisque je suis mon maître et que cela m'ennuie.

LA JOLIE FEMME

Je suis le guide, je suis la foule, je suis un régime, je suis la mode, je ne suis plus une enfant... Oh! J'en ai assez! Je ne suis plus personne.

(Elle disparaît.)

LE GUIDE

Oh! J'en ai assez! Je démissionne.

(Il disparaît.)

LE TOURISTE

Oh! Je ne suis plus le guide, je ne suis plus un homme, je ne suis plus une femme, je ne suis plus rien.

(Il disparaît.)

LE CHIEN

Enfin! Je ne suis plus mon maître, donc je suis mon maître et je ne visiterai pas les châteaux de la Loire!

JANINE

Elle disait :
J'aurai vécu de très beaux jours
avec deux merveilleux petits assassins
Elle savait le prix de l'amour
elle savait le coût de la vie
C'était hier
Elle savait rire
elle le sait encore aujourd'hui
elle le saura encore demain

Comme sa fille et son mari
comme les deux petits assassins.

EST-CE PASSE-TEMPS ?

Est-ce passe-temps d'écrire
est-ce passe-temps de rêver
Cette page
était toute blanche
il y a quelques secondes
Une minute
ne s'est pas encore écoulée
Maintenant voilà qui est fait.

LA BELLE VIE

Quand la vie a fini de jouer
la mort remet tout en place

La vie s'amuse
la mort fait le ménage
peu importe la poussière qu'elle cache sous le tapis

Il y a tant de belles choses qu'elle oublie.

LES CHIENS ONT SOIF

Je n'écris pas sur les oiseaux, je n'écris pas sur une cage, j'écris sur du papier posé sur une table.

Je n'écris pas sur les oies en lettres capitoles, je n'écris pas non plus au courant de la plume des oiseaux, j'écris au raturant de la plume d'un stylo.

Max Ernst dit que les chiens ont soif et s'il ne parle pas de la soif des poissons, il a pour cela d'excellentes raisons : le martin-pêcheur n'a pas besoin d'hameçon et les oiseaux, c'est seulement à la courte paille que nous les tirons.

Nous les tirons de la rôtissoire de la grande et la petite histoire, des tiroirs de l'affabulation, des canons de la biblio-fiction, nous les jetons dans le feu de la conversation.

Et nous les nommons Phénix, tous autant qu'ils sont ; comme cela, ils s'en sortiront.

Et ils s'en iront après avoir un peu parlé des hommes, tout comme les hommes ont beaucoup

179

parlé d'eux, après avoir, comme disent les hommes, échangé des idées.

Des idées ! Pourquoi ne pas en prêter aux oiseaux, même s'ils n'en ont que faire ? Après tout, c'est un oiseau qui a pondu l'œuf de Colomb, et où seraient aujourd'hui les Amériques, si cette poule ou cette oie n'avait pas pondu cet œuf ?

Alors, comme Salomon a dit jadis : « Faites entrer les abeilles ! » nous disons : « Faites entrer les oiseaux ! »

Et des oiseaux entrent.

UN OISEAU

L'homme, c'est comme cela qu'il se nomme, en écartant la femme, l'homme, le fils de l'homme, toujours l'homme !

UN AUTRE

Et puis après ! Les hommes se font des idées, comme ils se font des dieux, la guerre, ou du mauvais sang. Mais ce n'est pas pour les petits moineaux qu'ils se font du mouron.

UN AUTRE ENCORE

L'homme est un loup pour l'homme, qu'ils disent, comme si bien trop souvent l'oiseau, de

180

même, n'était pas un homme pour l'oiseau, le faucon pour l'ortolan, comme le cormoran pour le petit poisson volant.

PLUSIEURS OISEAUX

Ils nous ont engraissés, gavés, pour qu'on soit meilleurs à manger, ils nous ont crevé les yeux pour qu'on soit meilleurs à chanter, tout comme ils ont castré leurs petits chanteurs sixtiniens pour qu'ils soient meilleurs à sopraniser le Seigneur.

Ils nous ont ouvert le ventre pour savoir, la veille, le mauvais temps du lendemain. Aujourd'hui, ils ouvrent seulement de grands canards noirs et ça leur salit tout autant les mains.

Ils nous ont folklorisés, naturalisés, métaphorisés, sacrifiés, sanctifiés et béatifiés...

UNE COLOMBE

... divinisés.

Moi qui, jadis, étais oiseau de Vénus, ils m'ont plâtrée, miniaturisée à la Pentecôte sur leurs pièces montées, et ça continue chaque année.

Quelle destinée ! Un jour, je suis colombe de leur guerre de religion, un autre jour, colombe de leur paix. Mais au tir au pigeon, ils tuent sans discontinuer.

UN PIGEON

Aujourd'hui, entre Saint-Germain-l'Auxerrois, la Samaritaine, le Louvre et la statue de l'Amiral de Coligny, comme un peu partout dans Paris, au poison, sans fusil, c'est pour nous la Saint-Barthélémy.

UN AIGLE

Et nous, au bout d'une perche en effigie cuivrée, ils nous ont féminisés, en nous mêlant arbitrairement à leurs histoires romaines et napoléoniennes.

Leurs histoires... comme si nous n'avions pas la nôtre.

UN OISEAU DE MER

Les oiseaux les moins cultivés du monde savent fort bien qu'en 1815, à Morne-Plaine-les-Sanglots, lorsque l'amiral des frégates et des mouettes d'Angleterre a sommé de se rendre le général des étourneaux de France et de Navarre, ce dernier, en héros, a répondu : « Guano ! »

UN PÉTREL

A la même époque, à peu de choses près, des humains chiliens, péruviens ou néo-colombiens se disputaient, les armes à la main, de pauvres archipels tout couverts d'excréments d'oiseaux.

UN MOINEAU

... D'oiseau, de cheval ou de cachalot, c'est du pareil au même. Mais il est vrai que l'ambre gris n'a jamais couru les rues à Paris, où trottaient hier encore les chevaux. Quand ils avaient soif, les concierges sortaient avec un seau d'eau, et pour un cheval tombé sur le pavé, les enfants éclataient en sanglots, comme ils éclataient de rire sans pitié, découvrant en plein soleil deux pauvres chiens collés.

Hier encore quelle belle époque ! « Tétanos pour le cycliste, régal pour l'oiseau » était un proverbe moineau.

Aujourd'hui, les quatre cavaliers de leur apocalypse tiennent boucherie hippophagique et notre pauvre espace vital est délabré par leurs Boeings, leurs Sabres, leurs Pégases asphyxiants et leurs Icares atomiques.

Autrefois, ils parlaient du tour du monde et c'était conte de fées. Maintenant, ils font le tour de la terre et ce n'est qu'un fait-divers.

Le moineau s'envole du côté square.
Un coucou entre du côté forêt.

LE COUCOU

Pardonnez-moi si je ne crie pas : « Me voilà ! » Tant d'animaux humains, depuis longtemps, exaucent ma prière : « Même si je ne suis pas là, criez pour moi ! » Ainsi, partout, j'entends ma voix. Je l'entends dans celle des enfants qui jouent à cache-cache, dans les pendules d'Helvétie aussi bien que dans les chœurs des petites filles de Varsovie. Et à l'Opéra, aujourd'hui, mon chant se mêle innocemment aux cris du pauvre soldat Wozzeck appelant désespérément Marie.

Même Haarmann, le boucher de Hanovre, qui dépeçait des adolescents racolés sur le quai des gares, la nuit, criait « Coucou ! », histoire de rire, au gardien qui lui passait son manger par le petit judas de fer de sa cage de pierre.

Les hommes ! Pourquoi omettre de dire que je puis me flatter d'avoir été l'objet de fort intéressantes observations dans leurs livres les plus amusants comme les plus édifiants.

Ainsi, dans « Guerre à Satan » (Imprimatur Virduni die, 15 décembre 1891) :

« Les personnes qui comptent vivre autant d'années qu'elles ont entendu de fois chanter le coucou sans discontinuer sont aussi insensées que superstitieuses, comme on le verra dans l'exemple suivant :

« Une vieille veuve était étendue sur son lit, dangereusement malade. Sa fille l'ayant exhortée à se faire administrer les derniers sacrements, elle répondit que cela n'était pas nécessaire.

« La fille pria un de ses voisins d'unir ses efforts aux siens pour lui persuader de recevoir à temps les secours de la religion ; mais la veuve répliqua en souriant : « Soyez sans crainte, je ne mourrai pas encore. Le coucou m'a prophétisé que j'avais encore douze ans à vivre. » Comme son état empirait chaque jour, la fille finit par faire venir un prêtre, mais il la trouva sans connaissance ; seulement, imitant le chant de l'oiseau dans lequel elle avait mis sa confiance, elle ne cessait de crier : « Coucou ! Coucou ! » Elle mourut ainsi, malheureusement, sans sacrements. »

(Lohn. Bibl. III, 459.)

UN HIBOU

Tu vois, ton cri aussi parfois les inquiétait, comme mon hou-hou les terrifiait.

Quand ils ont peur, ils sont capables de tout et se croient coupables du reste.

Il n'y a pas de cela si longues années, nous autres, oiseaux de nuit, ils nous crucifiaient. Un de mes aïeux, un Breton, ils l'ont cloué sur la porte d'une grange et s'en sont allés à un Grand Pardon.

Mais leurs clous avaient tête usée, pointe émoussée. Il a à peine déchiré l'étoffe de ses ailes en recouvrant la liberté et le bon vent qui l'emportait a soufflé toutes les grandes bougies de leur pauvre petite procession, et ils sont restés là sans bouger, le ciel était voilé de noir, un petit oiseau allait sortir : leur dieu devait les photographier.

La chose faite, ils se sont disputés, les uns disant qu'il faisait un froid de loup, les autres pré-

férant dire : un froid de canard. A la fin du compte,
ils se sont mis d'accord sur un temps de chien et
ils ont continué de prier à la mort.

Des chiens entrent.

DES CHIENS

Donneurs ou leveurs de patte, regardeurs
d'évêques, ou aboyeurs de caravane, nous connais-
sons la soif mais nous avons aussi l'instinct de la
conversation.

Les chiens ont soif. Celui de Baskerville comme
celui de Montargis, de Fayence ou de Jean de
Nivelle.

Le molosse de Rhodes, comme le dogue de
Saint-Malo, le chien andalou de Bunuel ou le chien
catalan aboyant à la lune de Miro.

Les chiens, comme les oiseaux, affirment géné-
tiquement les hommes, ont été créés avant eux,
mais ils ne se demandent pas s'il y avait déjà des
chiens collès, enragés, assoiffés dans leur Paradis
Terrestre. Il est vrai qu'entre un temps de chien
et l'espace d'une niche, il y a toute une série de
réactions en chaîne.

Mais ne perdons pas notre temps à discuter
du sexe des anges ou de celui des hirondelles homo-
sexuelles. Autant se demander si Bucéphalo-Bill
était cheval, centaure ou oiseau, ou Cerbère Tricé-
phale, gardien de la fourrière des hommes, chien

FAMILLE DRACULA (FINISTÈRE)

de fusil ou chien de commissaire. Tout ça, c'est de
la métempsycho–somatique.

Les chiens sortent.
Un pic-vert arrive à son tour et gratifie les arbres et
les pierres de très innocents graffiti :

J'ai fait la roue avant l'homme.

UN PAON

Ils ne sont même pas fich
de faire une omelette sa
casser les œu

Si vous croyez au Père Noé!

CORBEAU dit de l'ARCHE

POULARDE DE BRES

Au jugement dernier des oiseaux
saint Hubert comparaîtra devant
un tribunal de perdreaux.

UNE PERDRIX

Que tais-j

MERLE de MONTAIG

(Périgo

Et Saint-Cyr sera jugé par les casoars.

UN OISEAU DE SHAKO

Et ils ne cessent de rallumer la flamme
pour le plumé inconnu.

DINDON de la FARCE

Lucie Delarue-Mardrus l'a écrit :
« Avec moi, ils ont fait la maladie qui se mange. »

UNE OIE

e ne fais pas mon nid sur des minarets.

UN MARABOUT

Et je ne dis aucune messe
i ne croasse aucun cantique.

UN CORBEAU

Vit de cygne
signe de vie.

LÉDA

Je ne suis pas un aigle,
j'ai de la chance.

UN MOINEAU

Chaque matin les coqs du voisinage
hantent à qui mieux mieux.
Mais aujourd'hui, même à la cinquième veille,
out est silence car leur sang a teint mille couteaux.
andis que l'on boit en parlant du printemps qui vient.

PENG CHI CH'ING (XVIIIe SIÈCLE)

u vois, toujours, partout c'est pareil!

LA POULE D'EAU au COQ AU VIN

Deux enfants sont menacés par un rossign

                                                          MAX ERN

La belle époque!
En ce temps-là, ils disaient que j'ouvrais les lourdes
et me cachaient dans le grimpant des apaches.

                                                      LE ROSSIGNOL

                      Un jour, j'emmènerai mes pe
                      voir le robot de Vaucanson.

                                                  UN CANARD SAUVA

Je suis oiseau et je suis bleu.
Je vis seul mais vivrai très vieux.
Il y a si peu de comestibles bleus.

              Ainsi parlait l'ARA THOUSTRA

                      S'il y a des oiseaux dans Mars,
                      qu'est-ce que vous voulez que ça nous fass
                                              UN OISEAU DE VÉN

Pourquoi oiseau-mouche?
Je suis oiseau chasse-mouche, tue-mouche, mange-mouche, comm
                                                    tant d'autre
                                                      UN COLI

dam, Padam, Padam,
oiseaux n'ont pas d'âme.   — Qu'est-ce qu'on en ferait?
                    (Litanie cartésienne)   UN PIAF

Paul Eluard posa un oiseau sur la table
et ferma les volets.
CET OISEAU

'y a pas d'officiers parmi ma volaille.
LEWIS CARROLL

A chacun des oiseaux il donne sa pâture...
L'OISEAU DE PROMÉTHÉE

et sa bonté s'étend sur sa progéniture.
L'OISEAU DE MUSSET

Le vacarme des ultra-sonneries
de ces espaces indéfinis
me casse les ouïes.
L'EFFRAIE DU PORT-ROYAL

on poème est un oiseau qui veut sortir de la cage du livre.
JEAN-CLAUDE LEVY

191

Pourquoi reprocher à Pie XII
d'avoir fait son chemin
de croix gammée?
      PIE PISTRELLE
Saint-Père des chauves-souris

La terre est ova
    POULE DE GAL*

Chaque jour ajoute un barreau à ma ca
et le temps bientôt va mourir.
    UN OISEAU DU DÉSESP*

Quand le vent noir du grand savoir
emportera la dernière plume du dernier oiseau
la Terre éclatera en sanglots.
    L'OISEAU-TONNERRE

L'aigle — Je te pince la serre!
Le homard — Je te serre la pince!
Ni ange, ni bête, ni homme, ni escargot — oiseau.
    MERLE pour celui qui le lira

Il n'y a pas de Paradis céleste.
    MARTINET DE BON-AUGURE

Méfiez-vous des anges,
c'est tous des vauriens
qui se promènent les yeux au ciel
et la cage à la main.
    OISEAU DIT DE PARADIS

192

La dépouille mortelle de l'homme
est moins belle que celle de l'oiseau.

CANARI DU FOSSOYEUR

surprenant que cela puisse nous paraître aujourd'hui, il est proba-
ement possible qu'un beau jour les hommes nous emploient comme
essagers d'amour et même aussi comme voyageurs de commerce
ec l'ennemi.

PIGEON LE SAGE

(Traité de Précolombophilosophie,
IIIᵉ siècle avant Geai-Geai Gris)

Il nous a donné une volière pour voler.
Nuit noire,
offre-lui une forêt tout entière
pour se perdre et désespérer.

CHAGRIN L'OISEAU

n ne chante pas Jane d'Arc à New Orleans.

L'OISEAU BLUES

aut bien que
enèse se passe.

CHOUETTE DE MINERVE

193

<pre>
          . . . .
          . . . .
Un oiseau.

Et une locomotive.

Et moi seul dans le dése

          . . . .
          . . . .
          . . . .
Mais ses plumes sont si fir

et son cœur battrait si v

que je garderais l'oise
</pre>

BORIS VI

Fascinante, on la tue en l'émerveillant.

L'ALOUETTE DE RENÉ CHAR

JULIETTE

Wilt thou be gone? It is not yet near day:
It was the nightingale, and not the lark
That pierc'd the fearful hollow of thine ear:
Nightly she sings on yon pomegranate tree :
Believe me love, it was the nightingale.

ROMÉO

It was the lark, the herald of the morn,
No nightingale. . . . .

UN OISEAU DE SHAKESPEA

194

Deux alouettes entrent.

L'UNE D'ELLES

Leur miroir, c'est vieille ruse usée, vieux jeu déjoué.

Comme Alice, il y a beau temps que je l'ai traversé et que j'ai pu les voir du bon côté.

L'AUTRE

Du bon côté? Ils n'en ont pas. As-tu jamais écouté la chanson qu'ils chantent là-bas, en trépignant rageusement des pattes :

« Alouette, gentille alouette,
alouette, je te plumerai.
Je te plumerai les yeux,
et la tête, et le bec.
Alouette, je te plumerai. »

Quelle misère !

LA PREMIÈRE

Tais-toi, oiseau du Canada. Je suis l'oiseau de Juliette et de Roméo, l'alouette de Vérone et de Straftord-qn-Avon.

Ils ne sont pas tous pareils à leurs semblables et il y en a, j'en connais, qui aiment les oiseaux pour de bon, pour de vrai, pour de beau, comme ils s'aiment entre eux et elles, sans aigrette sur tête, ni laine de pingouin sur le dos.

195

Hier, au grand jour, j'en ai vu deux.

C'était pour eux un jour heureux.

Des pieds à la tête, elle était nue, et de ses pieds à sa tête à lui, il était ébloui.

Et sa tête à lui avait beau dire, tout son corps à elle savait beau faire.

Il était tout entier emporté par le plaisir, et le plaisir si court qu'il était, c'était à n'en plus finir.

Sa tête ne pouvait le contredire, ni dans l'autrefois, ni dans le devenir.

Il la regardait tout entière et il savait, sans le dire, qu'il n'y a rien de plus utile, de plus indispensable, de plus simple et de plus inexplicable que l'amour sur un lit, que l'amour sur la terre.

Rien de plus beau.

Et il la disait belle, et elle était heureuse, car c'était vrai pour elle.

Mais il ne lui donnait aucun nom d'oiseau.

ARAGNE LE PEINTRE

Il peint une toile sur une toile
et attend qu'on lui parle de cette toile.
Dès qu'on lui en parle
dès que quelqu'un
n'importe qui
lui donne son avis
il prend la mouche
et l'écrase sur la toile peinte en noir sur la toile
Il signe cette toile
et le soir il l'appelle espoir
le matin il l'appelle chagrin
et le tantôt il l'expose
et s'il la vend l'appelle cadeau.

FEUILLETS TROUVÉS
DANS UNE CHAMBRE D'HÔTEL

NÉO-NOUVELLE

Mon manuscrit est sur la table, tout blanc, comme il était depuis trois semaines ou plutôt, à mieux réfléchir, depuis six mois et déjà assez légèrement jauni par le temps. Paraître ou ne pas paraître, être joué ou ne pas être joué, là était pour moi la question.

Aujourd'hui pourtant, après bien des hésitations, je consens à écrire le titre :

L'INSTANT FŒTAL
OU DE LA CONGÉNITALE INCOMMUNICABILITE DU COUPLE

Ce sera et c'est déjà quelque part où je l'irai chercher à mes moments retrouvés, une œuvre apparemment dissemblable à elle-même. Pas une pièce de théâtre proprement ou malproprement dite, comme on dit pièce d'eau, de résistance, de H.L.M. ou d'artillerie. Non, plutôt une quelque sorte d'auto-misogyno-oratorio injouable sans nul

199

doute, tout au moins aujourd'hui, mais non impubliable puisque, si on le jouait, la critique n'omettrait pas de dire que, malgré tout et à cause de cela même, c'est « une pièce à lire ».

Une pièce sans rideau, ni décors, ni acteurs mais bien plus simplement avec d'invisibles haut-parleurs psalmodiant inaudiblement et en apparence superficiellement la pensée de l'auteur, taisant au plus profond de lui-même son démentiel mais prémonitoire sentiment d'ancestral auto-ressentiment de culpabilité.

Ce sera alors au lecteur comme au spectateur de comprendre pourquoi il ne comprend pas.

Ceci dit, refoulant en moi une déraisonnable, intempestive et fort utile modestie, je suis certain que bientôt cette pièce sera lue ou jouée, et avec succès.

Bientôt, c'est-à-dire quand une littérature prenant parfois fort légèrement bien qu'à assez bon escient le titre d'alittérature sera déjà tombée en désuétude — son illusoire apparence d'illisibilité et ses très appréciables mais inefficaces efforts de complète inintelligibilité ne l'ayant pas préservée de l'attentive et louangeuse, bien que modérément réticente, consécration des anthologistes les plus, ou moins, réputés.

La « distraction » étant généralement l'unique mobile du lecteur comme du spectateur, seule une pure littérature de l'ennui peut et doit le distraire de cette distraction, lui faisant prendre conscience de l'intensité permanente du très fort peu de signifiance de ce qu'il a coutume d'appeler communément sa vie.

Susciter et ressusciter l'ennui, tout est là. Et pourquoi ne risquerais-je pas le tout pour le tout?

Et le tout pour le tout, pour moi, c'est l' « incompréhensibilisme ».

Aussi, sans hésiter maintenant, j'abandonne le titre de mon ouvrage en même temps que j'en trouve un autre, et cet autre, c'est RIEN.

Rien, et je ne serai pas le loup dupé par la bique et le biquet, car, au cours de tout l'ouvrage, je montrerai page blanche après page blanche, tautologiquement*...

---

* J'ajouterai cependant quelques notes « en bas de page », non pour éclairer la lanterne du lecteur, mais plutôt afin qu'il puisse se rendre compte que sa bougie est éteinte.

... Mais j'arrête d'écrire, non pour me délasser, me déboutonner, c'est là langue de cordonnier, mais pour jeter un coup d'œil sur cette chambre où j'écris.

Bien sûr, je l'ai déjà regardée maintes fois, cette chambre où je vis depuis peu si longtemps, mais, de même que le bon introspecteur de police voit, conçoit bien et dénonce clairement, cette chambre, je voudrais surtout la savoir. Voir, regarder, entrevoir, puis concevoir.

Sur la table, à gauche du papier noir, un livre est entrouvert, livre — il faut l'avouer — qui m'a beaucoup aidé : « Traité de l'immiscibilité de l'homme et de la femme », par sainte Organule.

A première vue, le pied de la table que j'observais déjà depuis quelques minutes était semblable en tous points aux trois autres.

A seconde vue, c'est-à-dire au bout d'un certain laps de temps, le pied me parut avoir changé de forme, il était bot. J'aurais pu le voir plus tôt, j'aurais dû même, puisque la table était boiteuse, mais peu importe, l'infirmité des êtres et des choses au premier abord peut vous frapper, puis au second et au troisième être oubliée.

Enfin, j'étais dans cette chambre où Geneviève allait bientôt venir, et ce qui soudain me gênait, ce n'était pas le temps interminable qu'elle mettait toujours à venir, ce n'était pas non plus la table boiteuse, mais en découvrant soudain que le lit était bossu, je me rendis à l'évidence : l'hôtel était borgne.

Geneviève, comment la décrire? Et pourquoi? La description du numéro 25 inscrit sur la petite médaille de fer accrochée à la clef engagée dans la serrure de la porte de la chambre était pour moi d'une importance primordiale, immédiate et non aléatoire. Un petit nombre de deux chiffres, un deux et un cinq, était gravé. Le deux avait la queue en haut comme un oiseau — par exemple un pigeon ; le cinq avait la queue en bas, aussi comme un oiseau — par exemple un autre pigeon.

Tout autour de ces oiseaux, il y avait un petit cercle en relief, une sorte d'auréole, mais au revers de la médaille, rien, absolument rien.

Encore une fois pour moi, ce rien, c'était tout.

Alors, peu m'importaient les oiseaux, Geneviève et son rendez-vous. Mais plus je réfléchissais, plus je redoublais d'attention, plus je doutais de l'inexactitude de ma comparaison.

La table était boiteuse, le lit bossu, l'hôtel borgne, et, sans l'ombre d'un doute, les deux chiffres qui ressemblaient, comme deux gouttes d'eau à deux autres gouttes d'eau, à des oiseaux étaient des manchots.

J'oubliai donc les oiseaux et me replongeai dans la contemplation du revers de la petite médaille de fer.

Là, pas de chiffres, de nombres, d'oiseaux : le

silence, l'anonymat le plus complet. D'ailleurs, accrochée à l'envers au tableau de l'hôtel, la médaille ne donnait jamais la clef du problème de l'étage.

La fixant alors longtemps et tournant vers moi sa face secrète, son miroir, je vis apparaître une image.

Bien sûr, cette image était toute de ma tête, et sur le fer, ce n'était qu'un reflet : celui du visage de Geneviève, mais j'entendais en même temps un petit bruit de roulettes de fer, celles d'un petit chariot de bois. Soudain je compris tout : l'hôtel était borgne, le lit bossu, la table boiteuse, les oiseaux manchots et moi, j'étais aveugle !

Oui, aveugle que j'étais, Geneviève était cul-de-jatte, et à cette particularité je n'avais jamais prêté la moindre attention.

IL EST NÉ, LE DIVIN MARQUIS ▶

GENS DE QUALITÉ

LES INFORTUNES DE LA VERTU

ANABIOSE

SCÉNARIO

Une ville.

Sur la grand-place de la Nation ou de la Déto-nation, des colleurs d'affiches donnent un dernier coup de pinceau à une péremptoire déclaration officielle : un avis de mobilisation générale.

Des badauds échangent des propos lourds de bon sens belligérant, de sagace imbécillité ou de désarroi résigné.

L'un d'eux, qui se taisait, hausse les épaules, s'éloigne et s'arrête devant l'entrée d'un cinéma annonçant une exclusivité :

Les Comiques Primitifs
Mac Sennett, Al Roach et Christie comédies.

211

◀ *LA DAME DE COMPAGNIE*

L'homme, pour se distraire, malgré tout, prend un ticket et pénètre dans le noir tranquille où Malec, Picratt, Fatty et Mabel, Ben Turpin, Julot, Charlot, « Lui » et tant d'autres poursuivent allègrement leurs joyeuses et calamiteuses mésaventures.

Béantes, des trappes, des bouches d'égout s'ouvrent devant leurs pas, et des dogues enragés, s'accrochant à leurs basques, s'en donnent à cœur joie.

Les murs s'écroulent, les échelles craquent, les trains déraillent, les flics dérouillent, les pompes à incendie prennent feu, les horloges infernales tirent au petit bonheur et voltigent les tartes à la crème, les seaux de peinture et les pots de fleurs.

Tout est plaies et bosses, corbillards et becs de gaz, flirt, scalp, catch et volupté.

L'homme rit, ravi. Il est ailleurs, « aux anges ».

Mais...

... la séance terminée, dehors, il est « aux diables ».

Le plus naturellement, le plus cruellement du monde, les gags qui le faisaient s'esclaffer, les calamités qui s'abattaient en chaîne sur l'innocent et charmant petit monde des ombres de l'écran, lui arrivent à lui, en cascade, pour de bon, pour de vrai, et ce qui le faisait tant rire lui fait peur, crier malheur, hurler terreur.

Traqué, à bout de souffle, réfugié sur un échafaudage et ravagé par le vertige, il tombe, se relève, disloqué, moulu, brisé, et c'est en haletant, à quatre pattes, qu'il tente de traverser une avenue déserte.

A cent à l'heure, une ambulance surgit et, les freins grinçant trop tard, comme pour lui donner le coup de grâce, l'écrase.

Des infirmiers descendent et constatent que cet homme « qui courait comme un fou et s'est pour ainsi dire littéralement jeté sous les roues » n'en a plus pour longtemps à vivre.

L'ambulance l'emporte à l'hôpital où l'on se rend à l'évidence : cet homme est perdu.

Un prêtre arrive à son chevet, afin d'assurer son salut.

L'HOMME
(dans un souffle)

Comme c'est drôle! Que m'est-il arrivé? Où suis-je?

L'ABBÉ

Il délire.

UN MÉDECIN

Oui, il est dans le coma.

L'HOMME
(élevant soudain la voix)

Est-ce que vous savez où c'est, vous, le coma?

Il éclate de rire, mais d'un rire si violent, si

frais, si joyeux que le médecin, l'abbé n'en croient ni leurs oreilles, ni leurs yeux.

C'est un rire inextinguible, d'où semble bannie toute arrière-pensée, toute gêne, toute raison de rire.

Dans le couloir, une infirmière entend ce rire et, stupéfaite, demande : « Qui a le fou rire? »

Le médecin traitant sort de la chambre, bouleversé.

LE MÉDECIN

Le fou rire, c'est peu dire. Le rire fou, oui !

L'INFIRMIÉRE

Extraordinaire !...

Et comme le rire continue de plus belle :

... Heureusement que ce n'est pas...

LE MÉDECIN

Contagieux.

Et il éclate de rire et l'infirmière de même.

Dans la chambre, l'abbé se tient les côtes et rit aux larmes. Dans une autre chambre, où l'on vient pieusement de fermer les yeux d'un moribond, une femme qui sanglotait, prostrée au pied du lit, se prend soudain à sourire, puis à rire, à rire... du même rire qui secoue, dans un bloc opératoire, le

214

chirurgien, ses assistants, l'opéré, l'anesthésiste et, dans la cour, les jardiniers, les visiteurs, les porteuses de bouquets.

Non loin de là, dans la chapelle, le ministre du culte, au beau milieu d'un sermon d'une émouvante austérité, est gagné par le rire des fidèles, secoués eux-mêmes par les échos des rires des élèves et du professeur d'un collège voisin.

Le rire fou gagne du terrain.

Dans les jardins du Casino, un joueur malheureux qui s'apprêtait à mettre fin à ses jours laisse tomber son arme, en même temps — à peu de choses près — que, dans le hall d'une banque, des hommes masqués, interrompant leur hold-up, laissent tomber les leurs, prenant à témoin les caissiers et les gardiens hilares : « C'est pas pour dire, mais y a de quoi se marrer ! »

Musique en tête, devant la banque, acclamé par la foule, un régiment défile.

Soudain le rire fuse.

La musique s'arrête, puis se fait plus guillerette, et les civils, hommes, femmes et enfants, grimpent sur les chars et rigolent comme de petits fous, avec les officiers et soldats nucléaires et les aumôniers militaires.

On dirait d'une bataille de fleurs, d'un défilé d'armistice, de mi-carême ou de Libération.

Cependant qu'au Palais de la Présidence résidentielle, le Président regarde ses ministres sévè-

MINETTE ET « LES ROUES FULGURANTES »

rement et tout particulièrement celui de la Guerre.

Profond silence.

Le palais est calfeutré, insonorisé, hors de danger.

Gagoulés, oreilles bouchées, les gardes du palais ajustent et abattent téléobjectivement les promeneurs imprudents qui se croient assez loin pour rire, alors qu'ils sont trop près pour survivre.

Dans la grande salle des Délibérations, tous les visages sont assombris par la consternation.

LE PRÉSIDENT

Alors, Messieurs, cet homme est toujours vivant !

LE MINISTRE DE LA GUERRE

Un cas très rare d'anabiose, Monsieur le Président.

LE PRÉSIDENT
(allant au vif du sujet)

Je le sais. Anabiose : retour à la vie, après une interruption des fonctions vitales ayant plus ou moins le caractère de la mort. Mais ce rire, Messieurs, ce rire nocif et il faut bien le dire, hélas, épidémique, quelles mesures avez-vous prises pour l'annihiler? (Avec un gros soupir.) Si encore il s'agissait d'un rire homérique !

Et les ministres lisent leurs rapports, mais le Président les interrompt : « Mais enfin, Messieurs, cet homme, enfin, ce malade, où en est-il? »

LE MINISTRE DE LA GUERRE

Aux dernières nouvelles, il est à la dernière extrémité, tout seul, isolé.

LE PRÉSIDENT
(avec une lueur d'espoir dans le regard)

Peut-être va-t-il mourir de faim, de soif, que sais-je?

LE MINISTRE DE LA GUERRE

Peut-être, mais en attendant, tous ceux qui l'approchent meurent de rire. Alors l'hôpital a été évacué, sa chambre méticuleusement insonorisée, mais il faut toutefois reconnaître que le rire fuse par les interstices qu'il n'a pas été mathématiquement possible de détecter.

LE PRÉSIDENT

Enfin, Messieurs, ce misérable — je voulais dire ce malheureux, ce malade — tout irresponsable qu'il soit, est malgré tout — et malgré lui peut-être, je le reconnais — responsable de l'hilarité générale, et aujourd'hui ce n'est pas l'hilarité mais la mobilisation qui doit être générale. Celui que nous aurons peut-être, dans quelques jours, le grand regret d'appeler notre ennemi n'est-il pas en droit de se dire : « Ils rient, donc ils sont désarmés ! »

LE MINISTRE DE LA GUERRE

Monsieur le Président, je sais de source sûre que l'ennemi, puisqu'il faudra bien un beau jour l'appeler par son nom, a peur de la contagion et qu'il est en train de disposer en grand secret et dans le plus bref des délais un mur de protection supersonique.

LE PRÉSIDENT

Il gagne du temps et gagner du temps, c'est déjà un peu gagner une guerre.

Et pendant ce temps-là, ce temps perdu pour nous, souhaiteriez-vous, Messieurs, que, prisonniers entre les frontières d'un dérisoire univers dérisionnaire, nous devenions la risée du monde entier du monde libre, libre de rire mais sous cape, comme il se doit, tout en gardant son sérieux et sa foi?

LE MINISTRE DE LA GUERRE

La situation s'aggrave, je serai bref. D'après le dernier rapport des experts, cet homme que l'on disait perdu, on pourrait dire plutôt qu'en riant il se retrouve et qu'en se retrouvant, il mène les autres à leur perte.

Plaise à certains de dire encore et à voix basse que rire est le propre de l'homme. Peut-être, sans doute et après tout, pourquoi pas ! Mais ce n'est pas celui du soldat.

Ce malheureux malade contagieux a beau être en proie aux affres d'un incessant, interminable danger de mort, il n'en est pas moins pour cela un danger public.

Alors?

Je sais qu'on a parlé mais un peu tard d'Euthanasie, un bien grand mot, mais aux grands mots je préfère les grands remèdes : cet homme est dans une chambre, cette chambre est dans un hôpital et cet hôpital est dans notre capitale.

Il n'y a pas à sortir de là, d'autant plus qu'on ne peut y rentrer. Ce n'est donc qu'en détruisant la cause en son entier que nous pouvons envisager de supprimer le mal et ses pernicieux effets.

LE PRÉSIDENT

Je tiens à constater, Monsieur le Ministre, que rien de ce que je vous avais formellement suggéré hier n'a été omis aujourd'hui. Poursuivez, je vous en prie !

LE MINISTRE DE LA GUERRE

Je poursuis. Un hôpital détruit : dix, cent — et je suis modeste — peuvent être reconstruits.

UN MINISTRE

Permettez !

LE PRÉSIDENT

La parole est au Ministre de la Santé Publique.

LE MINISTRE DE LA SANTÉ PUBLIQUE

Une simple question : le projet adopté et l'exécution réalisée, des retombées drolatiques, enfin des déchets hilarants ne seraient-ils pas à redouter?

LE PRÉSIDENT

Louable et pertinente objection, mais, sans froisser quiconque, je dirais aussi : indéniablement anodine.

Peu importe les reliefs d'un repas, s'il est servi à l'heure et con-ve-na-ble-ment. Et l'acier le mieux trempé, s'il y a une paille dedans, cela ne l'empêche pas de briller, sidérurgiquement parlant. Et maintenant, Messieurs, passons à l'ordre du jour.

Et, le projet adopté à l'unanimité, la nuit est tombée, l'hôpital a sauté avec aux alentours quelques bribes du quartier.

Le jour se lève sur la ville où le rire s'amenuise, se dissipe et disparaît.

Tout redevient sérieux.

La vie, comme la Bourse, reprend son cours et la mobilisation générale se poursuit de façon normale.

LA CINQUIÈME SAISON

> *Les quatre saisons passent et s'en vont,*
> *la cinquième reste toute la vie.*
>
> LETTRE DE CORNÉLIUS POSTMA

Quatre petits tours et puis s'en vont
Et un cinquième par-dessus le marché
pour les enfants qui n'ont pas demandé pourquoi
    le manège tournait

Le peintre est semblable à ces enfants
il ne demande pas raison aux saisons

Furtive étreinte de l'éternité
coup de foudre
L'éclair déshabille l'amour
et la vie s'en empare
pour le plaisir
Et déjà l'amour
la mort le couve du regard.

Tourne la manivelle de satin
chantait Michèle
un beau matin
Tournent
ceux que dérisoirement la romance appelle
les jouets du destin
Tourne l'été de Vivaldi
tourne l'hiver de Varsovie
le printemps de Botticelli
tourne l'automne de n'importe qui
dans les vingt-quatre heures du Mans
Tourne la vie
tourne le temps

Le peintre est un chiffonnier fastueux

Seul au milieu des débris de la vie
comme un sablier sur une plage déserte
il les écoute
les regarde
leur sourit
et met la main sur son cœur
et les peint le cœur sur la main

Revivent alors secrets et triomphants
des objets égarés
des souvenirs éperdus retrouvés tout vivants
les choses de chaque instant
Deux menhirs de pain d'épice

se dressent sur la glace d'un étang
près d'une paire de patins patinés par le temps
Par le temps vital
par le temps spacieux
le bon vieux temps d'hier et de dimanche prochain
le temps de cochon et de chien
le temps des cerises des banquises
des horloges des girouettes des baromètres

Au loin
de merveilleux petits paysages peints avec une
    véhémente minutie
disent l'exubérante indifférence des eaux des arbres
    et des fruits.

                                   Paris, octobre 1958

MÉLODIE DÉMOLIE

Au petit mystère
chantait Miss Terre
Optimist air
chantait fille Mer
Ogre en mystère
Pessimiste ère
chantait super–fils–ciel

Il faut bien que genèse se passe
chantait le Père.

D'APRÈS NATURE

Cette fleur n'est pas sortie du sable
comme ce verre
Ce verre n'est pas sorti de terre
comme cette fleur
La main qui modela ce vase
et l'autre main ailleurs qui cueillit cette fleur
ne sortaient ni de côte d'Adam ni de cuisse de
    Jupiter
ni d'aucune autre boîte de prestidigitateur
Et ces mains en allées
d'où venaient-elles alors
où allaient-elles encore
Et cette céramique
et cette pièce de bois
et ce morceau de cuir
et cette petite punaise sur cette croix d'honneur

Le vent déplace les dunes
le temps efface les monuments
Et chacun s'en va avec sa chacune
et disparaît et reparaît

et se retrouve et s'ignore
alternativement
en toute simplicité
comme sang dans les veines
poisson dans la mer
arête dans le gosier.

LE MOUVEMENT DES MARÉES

L'ÉTOILE DE MER

L'étoile
quand on la rejette à la mer
disparaît en dansant
c'est un petit rat d'Opéra
Toujours une tête
deux jambes
deux bras.

LA FÊTE SECRÈTE

Au carrefour impossible de l'immobilité
une foule d'objets inertes
ne cesse de remuer de frémir de danser
Et les facteurs du vent
comme ceux de la marée
éparpillent le courrier
Chaque chose sans doute est destinée à quelqu'un
    ou à quelque chose peut-être
La plume de l'oiseau
comme l'écaille de l'huître
la croix de la légion d'honneur
comme l'étoile de mer
ou la patte du crabe et l'ancre du navire
la grenouille de fer vert
et la poupée de son
et le collier de chien
Et dans ce paysage où rien ne semble bouger
sauf la bougie du naufrageur dans la lanterne
    rouillée
c'est la fête secrète
la fête des objets.

*« DES BÊTES D'UNE ÉLÉGANCE FABULEUSE
CIRCULAIENT » (ARTHUR RIMBAUD)*

CHROMOS-HOMME, FEMME ET ENFANTS

LA MORT DE PAN

Enfant, à l'Odéon, j'ai vu jouer « La Mort de Pan ».

L'acteur qui jouait Pan s'appelait, je crois, Denis Inès. Il était costumé en satyre, tout velu, avec de petites cornes sur la tête. Mais, tout compte fait, je le trouvais plus convenable, moins débraillé, surtout au-dessous de la ceinture, que les satyres en complet veston qui apparaissaient, derrière les bosquets, vers la fin du jour, dans les jardins du Luxembourg.

Pan dansait, ou plutôt mimait la danse et poursuivait les filles en jouant du pipeau.

A la fin, on le tuait à coups de pierre, et c'était surtout triste parce qu'il était plus gai que les autres, mais ça avait l'air un peu pas vrai, comme les arbres de la forêt.

Je les connaissais trop bien, ces arbres.

Mon père, qui aurait bien voulu que je devienne acteur, parce que c'était pour lui un rêve qu'il avait longtemps caressé, m'emmenait souvent dans les coulisses pour me montrer ce qu'on appelle l'envers du décor.

Derrière ces arbres plats, ce feuillage peint, il y avait d'imperceptibles fils de fer pour tenir les branches et de vieux morceaux d'affiches, où l'on pouvait lire encore les annonces de pièces jouées depuis longtemps et où avaient sans doute figuré d'autres arbres semblables, les mêmes peut-être.

Quand ça jouait, c'étaient alors les coulisses qui étaient à l'endroit et c'étaient, derrière les petits grillages de fer, les acteurs et toute la pièce qui étaient à l'envers, avec devant eux la lumière et derrière eux les ombres des spectateurs qui applaudissaient, criaient « bravo ! », surtout quand tombait le rideau.

Une autre fois, et peut-être dans un autre théâtre, on jouait aussi la mort d'un dieu. De cette pièce, « La Passion », je n'ai gardé qu'un souvenir imprécis. Pour moi, plutôt que du théâtre, c'était encore du catéchisme.

L'acteur qui jouait Jésus-Christ me paraissait moins bon que celui qui jouait Pan, mais ce n'était peut-être qu'une impression, le rôle était moins amusant, et puis je connaissais l'histoire.

Mais, comme à la mort de Pan, quand le rideau tombait, se relevait et retombait sur le dieu qui mourait, les spectateurs applaudissaient plus fort encore que les petits au guignol, quand le crocodile vert emporte dans les ténèbres le gendarme bleu.

Comme je m'en étonnais un peu, mon père me dit :

— Ce n'est pas la mort de leur dieu qu'ils applaudissent, mais les acteurs qui la jouent.

— Alors, il n'y croient pas?

— Si, mais ils sont contents, pour eux comme pour lui, que tout soit fini.

Comment pouvais-je comprendre, moi qui avais tant pleuré, au Théâtre-Français, en voyant mourir Ophélie?

Shakespeare a dû beaucoup rire en effaçant Polonius, mais peut-être a-t-il pleuré, lui aussi, en suicidant Ophélie.

L'acteur qui jouait Hamlet s'appelait Mounet-Sully.

Ainsi j'allais souvent au théâtre, mais ce qui me surprenait beaucoup, c'était que nombre de gens le comparaient à la vie.

Au Café Voltaire ou à la Chope de l'Odéon, où j'accompagnais mon père, un gros imbécile débonnaire aimait à répéter, sentencieux et réjoui : « La vie est une immense farce et nous sommes les pantins dont Dieu tire les ficelles ! »

Il est vrai qu'à l'école on nous apprenait que Napoléon, le roi de Rome ou le général Bonaparte avaient tenu un grand « rôle » dans l'histoire, comme Henri II ou III, ou Richelieu.

Les soldats, eux, on les enrôlait de force, comme je l'appris plus tard.

Et, plus tard, ce fut bien vite la guerre de 14.

Alors là, l'histoire redevint théâtre et s'afficha délibérément. Noir sur blanc, on pouvait lire les comptes rendus détaillés du théâtre des hostilités, du théâtre des opérations, comme ceux du théâtre aux armées.

C'est pourquoi, pendant cette guerre, me revenait en mémoire le gros sentencieux du Café Voltaire avec sa « vie, une immense farce... », etc.

Tant de pantins tombaient et c'était grande tristesse, mais l'idée que c'était Dieu qui tirait les ficelles des 75, des Zeppelin ou de la Grosse Bertha, ça me faisait rire.

Les guerres vont vite et ce n'est que par la suite que je réalisai qu'au cours des siècles derniers, aussi bien qu'aujourd'hui, tant d'hommes de plume, de cape ou d'épée, tant de poètes aussi ont, pour leur propre compte ou par personne interposée, tous identifié la vie avec le théâtre :

> *Une ample comédie, aux cent actes divers*
> *Et dont la scène est l'univers.*
>
> **LA FONTAINE**

> *La vie serait une comédie bien agréable,*
> *si l'on n'y jouait pas un rôle.*
>
> **DIDEROT**

Le dernier acte est sanglant, quelque belle que soit la comédie en tout le reste : on jette enfin de la terre sur la tête, et en voilà pour jamais.

PASCAL

Sur la scène du temps de paix, l'homme public tient le principal rôle. Qu'elle l'acclame ou qu'elle le siffle, la foule a des yeux et des oreilles tout d'abord pour ce personnage. Soudain la guerre en tire un autre des coulisses, le pousse au premier plan, porte sur lui le faisceau des lumières : le chef militaire paraît.

Charles de GAULLE
(Au fil de l'épée)

Mon général...

... Vous nous appartenez toujours. Il vous est interdit de devenir ce spectateur qu'affectait d'être Chateaubriand devenu vieux : « Assis dans une salle vide, loges désertes, lumières éteintes, seul de mon temps devant le rideau baissé, avec le silence et la nuit... »

Car la pièce continue et jusqu'au dernier battement de votre cœur vous resterez un protagoniste irremplaçable.

François MAURIAC
(Le Figaro Littéraire, 9 juillet 1955)

... La vie n'est qu'une ombre qui passe, un pauvre histrion qui se pavane et s'échauffe une heure sur la scène et puis qu'on n'entend plus... une histoire contée par un idiot, pleine de fureur et de bruit et qui ne veut rien dire...

SHAKESPEARE

DON QUICHOTTE

... D'ailleurs, dis-moi : n'as-tu jamais vu représenter de comédie où figurent des rois, des empereurs, des pontifes, des chevaliers, des dames et autres personnages? L'un fait le ruffian, un autre le menteur, celui-ci le marchand, celui-là le soldat, cet autre l'ingénu sage, cet autre l'ingénu amoureux et, la comédie achevée, les déguisements ôtés, tous les acteurs ne sont-ils pas égaux?

SANCHO PANÇA

Oui, j'en ai vu.

DON QUICHOTTE

Eh bien! C'est la même chose qui arrive dans la comédie de ce monde, où les uns font les empereurs, les autres les pontifes, en un mot tout ce qu'on peut introduire comme

St FRANÇOIS DE BORGIA

TABLEAU D'HISTOIRE

LE CORPS D'ISABELLE

personnages dans une comédie. Mais, au moment de la fin, c'est-à-dire lorsque notre vie est terminée, la mort enlève à tous les costumes qui les différenciaient, et ils sont tous pareils dans le tombeau.

SANCHO PANÇA

Belle comparaison! Pourtant, elle n'est pas tellement neuve, car je l'ai entendue bien des fois.

CERVANTES

La vie est une farce à jouer par tous.

Arthur RIMBAUD

Mais Arthur Rimbaud ajoutait, lui :

La vraie vie est ailleurs.

Et tant d'autres !
Mais s'il fallait tout citer !
Les grandes vedettes, plus qu'à leur vie, tiennent à leur rôle de gloire, mais si leur box-office périclite, s'ils perdent couronnes et oscars, le moindre petit rôle peut leur faire oublier l'histoire. Et de même que Louis XVI, avant d'avoir le cou tranché, jouait un petit rôle de serrurier, Nicolas II, Star de toutes les Russies, tenait fort

bien, avant son exécution, un modeste rôle de
bûcheron, sans pour cela cesser de jouer la comédie, la tragédie et même le vaudeville, ainsi qu'en
témoigne son journal intime :

25 juin 1917. Dimanche.

*... Nous avons assisté à la messe. Nous sommes allés
nous promener à deux heures. Il y a eu quelques courtes
averses qui ne nous ont pas trempés. Avons abattu et débité
un sapin...*

9 juillet. Dimanche.

*Journée ensoleillée avec vent frais. Je me suis promené
jusqu'à l'heure de la messe. Nous sommes sortis à deux heures.
Avons travaillé à deux endroits. Vers la fin, avons abattu trois
sapins à la même place qu'hier; avons empilé les bûches dans
la clairière...*

23 novembre. Jeudi.

*... J'ai copié mon rôle pour la représentation de la pièce
française : « Les Deux Timides », que nous devons jouer pro-
chainement...*

14 janvier 1918. Dimanche.

*... L'après-midi, je me suis longtemps promené. Le temps
était clair comme au mois de mars. Avant le dîner, nous avons
joué pour tout de bon.*

251

Les rôles des « Deux Timides » étaient ainsi distribués :

TATIANA	*Annette*
ANASTASIE	*Cécile*
VALIA D.	*Garadoux*
M. GILLIARD.	*Frémissin*
MOI	*Thibaudier*

Nous avons eu le sentiment que la pièce avait été bien enlevée, avec beaucoup d'entrain. Le soir, comme d'habitude, besigue et lecture à haute voix.

30 avril. Lundi.

... Une vieille femme, puis un gamin ont tâché de nous regarder par les fentes de la palissade ; on les a chassés à plusieurs reprises, mais avec des rires...
... L'après-midi, lu à haute voix pendant un bon moment les amusants récits de Léïkine, « Les Russes qui ne s'en font pas ».

(Journal intime de Nicolas II,
Payot, Paris, 1934)

Et ceux qui ne veulent pas s'enrôler, qui ne veulent pas jouer dans la pièce et qui préfèrent vivre libres, vrais, et courir le risque d'être heureux, un vieux dicton français leur conseille de se cacher.

FEUILLETON

... et Rodolphe, comprenant enfin que tout le malheur des hommes vient d'une seule chose qui est de ne savoir pas demeurer au repos dans une chambre, s'enferma dans la sienne.

Mais la Chouette était sur l'armoire, Fleur de Marie dedans, le Maître d'école devant et le Squelette sous le lit.

Pascal Blaise Eugène Sue
(« Les Mystères du Pari »)

SOUVENIRS DE PARIS

ITINÉRANTS

Il était très tard et très tôt, le métro roulait vers la porte de la Chapelle. Il n'y avait personne sauf deux et la première personne parlait à la seconde personne d'une troisième personne qui était, à l'entendre, un oiseau.

Elles descendirent à la Trinité et sur le quai, sans la saluer, croisèrent une autre personne qui avait une queue et des cornes et devait descendre à la Fourche.

PREMIER TEST DES AMANTS

I

« Soudain ils découvrirent qu'ils étaient chauves, à part des cheveux sur la tête et quelques touffes de poils ailleurs. Alors, ils eurent honte et se couvrirent de peaux de bêtes. »

Ces bêtes, Adam les avait tuées et, pour voir ce qu'il y avait dedans, les avait ouvertes.

Et il dit : « Dedans, on doit être pareils, nous aussi, puisque — à peu de chose près — on est presque pareils dehors. »

Cependant, la vue et l'odeur du sang ne lui avaient pas été agréables.

Alors, il chercha des raisons au Seigneur.

« Tout saigne, Seigneur, même les grosses mouches vertes. Quand on les écrase, leur sang est rouge, mais d'un rouge tout noir.

« Et le vôtre, Seigneur, qui m'avez fait à votre image, quelle est sa couleur? »

Mais le Seigneur dit :

« Une image n'est qu'une image, et ce n'est pas pour répondre à d'aussi saugrenues questions que j'ai imaginé l'imagination. »

— Il n'en dit peut-être pas plus qu'il n'en sait ! dit Adam.

— J'ai trop chaud, répondit Ève.

L'été était arrivé. Alors Adam sourit à Ève et lui arracha sa peau de bête.

La dépouillant, l'écorchant, il la découvrit nue et fut agréablement surpris, comme s'il ne l'avait jamais vue ainsi.

Et Ève lui dit :

— Je suis belle comme je suis, je le sens, le ressens, je le sais et pourtant je ne l'ai jamais appris.

Et Adam comprit qu'elle n'avait pas la mort dans l'âme mais la vie dans le corps et le corps dans la vie.

Et ils furent éblouis par le plaisir et le sang fut lavé par l'amour.

La Beauté n'était pas imaginaire, c'est pourquoi de nos jours elle se promène encore sur la terre.

II

... Et c'est un autre été, et Vénus se promène dans une allée du Bois.

Elle tient un sphinx en laisse.

Il a collier Hermès.

258

LE SIXIÈME COMMANDEMENT

Une main au volant, un plaies-et-bosses-boy file le train à Vénus, au ralenti.

— Tu l'entends, dit Vénus à son sphinx, il parle de l'amour comme s'il avait gardé les cochons avec lui... Encore un qui sort de Sciences Peau, sans avoir jamais rien compris.

« Allez ! Du vent !

« On serait dans de beaux draps, l'amour, ce con et moi.

« Du vent ! »

Cramoisi, le dragueur de haut charme obéit et disparaît, assis, enfoui dans son cuir de Russie.

Vénus écoute un instant les rock-hennissements des quatre-vingts naseaux de la Maserati et puis, ivre de vivre, en riant aux éclats, presse le pas.

Et le sphinx la suit.

Ce soir, il couchera peut-être sur son petit tapis. Mais si l'amour, sans frapper, entre chez Vénus comme chez lui, il regagnera sa niche, il ira se planquer sous le lit.

BORIS VIAN

A Ursula

I

Sa date de naissance
sa date de décès
ce fut langage chiffré
Il connaissait la musique
il savait la mécanique
les mathématiques
toutes les techniques
et les autres avec
On disait de lui qu'il n'en faisait qu'à sa tête
on avait beau dire
il en faisait surtout à son cœur
Et son cœur lui en fit voir de toutes les couleurs
son cœur révélateur
Il savait trop vivre
il riait trop vrai

il vivait trop fort
son cœur l'a battu
Alors il s'est tu
Et il a quitté son amour
il a quitté ses amis
mais ne leur a pas faussé compagnie.

II

Boris jouait à la vie
comme d'autres à la Bourse
aux gendarmes et aux voleurs
Mais pas en tricheur
en seigneur
comme la souris avec le chat
dans l'écume des jours
les lueurs du bonheur
comme il jouait de la trompette
ou du crève-cœur
Et il était beau joueur
sans cesse il remettait sa mort
au lendemain
Condamné par contumace
il savait bien qu'un jour
elle retrouverait sa trace
Boris jouait à la vie

et avait des bontés pour elle
Il l'aimait
comme il aimait l'amour
en vrai déserteur du malheur.

GRAVURES SUR LE ZINC

Au Diable Vert, rue Saint-Merri, un clochard
devant son premier verre en confidence lui dit :
Place-toi là pour voir le défilé.
Mais, sur le miroir du comptoir, un petit écri-
teau ravive la mémoire de ce client trop empressé :
Surtout n'oubliez pas de payer
Même si vous buvez pour oublier.

Ailleurs dans la ville
sur la grisaille des murs
le socle des statues
les tables des cafés
le plâtre des W.-C.
d'autres sentences sont gravées
ou titubantes dans les rues
à haute voix proférées :

Mon lit c'est le ruisseau
mon trottoir l'oreiller
le flic c'est mon cauchemar
le vin mon rêve doré

◀ *DANS LES RUINES DE L'AMBASSADE*

Buvez ceci est mon eau

Signé SAINT-GALMIER

L'alcool tue
mais pas n'importe qui
Plus le verre est épais
plus le vin est cher et mauvais

CONTENANCE DE LA VERRERIE

Debout les ivres morts

RÉVÉREND PÈRE RICARD

Le dernier verre du condamné
beaucoup l'ont bu dans les tranchées

UN P. C. D. F.
(un pauvre con du front)

Quand le chameau entre
le bistrot est désert
(le chameau c'est ma femme)

Tu m'as quitté
Beauté
à m'en rendre malade
je bois à ta santé

Que de grands verres
on pourrait remplir

268

AU DIABLE VERT, RUE SAINT-MERRI ▶
(APPARITION)

avec les petits verres
que les larmes ont fait verser

Le mauvais buveur
vit sous l'Empire de la Boisson
le bon
dans sa Révolution
Méfiez-vous du Brandy corse
buvez du rouge
jamais de fine Napoléon

Bacchus ne disait pas
que c'était son sang
Il avait horreur
des Appellations contrôlées

J.-C. chassa les marchands de vin du Temple
son père n'admettait pas la concurrence

... et tant d'autres encore
choses lues et retenues
entendues racontées.

LA COLOMBE D'OR

Paul Roux ne repose pas au cimetière de Saint-Paul.

C'est pourtant un jardin chaud, vivant et beau.

Je le connais. J'ai dormi là une nuit sur un amas de vieilles couronnes perlées. Au petit matin, les oiseaux m'ont réveillé et aussi, peut-être, un lézard courant sur ma main.

Pourquoi Paul se reposerait-il?

Même fatigué, malade, malade à en mourir — ça lui est arrivé —, Paul ne se reposait jamais.

Il avait tant à faire, à bâtir, à réunir, à faire aimer.

Il y a des années, sur sa vieille auberge, il avait accroché l'enseigne de ses rêves : « ici on loge à pied, à cheval et en peinture. »

Les peintres y descendaient.

Paul les logeait, les aidait. C'était le devin de Saint-Paul, le devin du village qu'il avait deviné.

« Rien n'est trop beau pour Saint-Paul » : c'était sa devise secrète.

Sans cesse, il poursuivait son rêve, loin de son auberge, un château, pour y recevoir la Peinture, en grand seigneur.

Comme la toison pour Jason, son rêve c'était la Colombe d'Or.

Et il parcourait la Provence, à la recherche de la vieille pierre, la pierre rare, la pierre précieuse.

Et cette pierre, il la ramenait à pleins camions et il démolissait son auberge en bâtissant son château.

— T'es fou, Paul, tu casses ta maison ! lui criait ma fille, alors toute petite, en piétinant les gravois.

Paul lui souriait et imitait, pour elle, le tendre et même cri d'un oiseau de jour ou de nuit.

Et s'il se reposait, pourquoi ailleurs que chez lui !

Aujourd'hui, quelque part, à la Colombe, avec des amandes vertes, des branches d'olivier, et des cédrats, des figues rousses éventrées au soleil, Arcimboldo fait son portrait.

Braque et Léger regardent et donnent leur avis, et Villon aussi, et tant d'autres avec.

Wells, un très vieux client, les rejoint, laissant près du lavoir, sa machine à explorer le temps.

Et le portrait d'Arcimboldo est très beau.

Le modèle aussi.

D'ailleurs, c'est lui qui l'a dit, un exténuant jour de fête, un jour où la Colombe refusait du monde.

273

◀ LA CAGE OUVERTE

Une dame, pressée, piaffante, élevait sa voix d'entresol, péremptoire et grinçante :

— Enfin, vraiment, c'est insensé, pour se faire servir et pour avoir une table, à qui faut-il s'adresser !

— A moi, Madame, répondit Paul Roux, parce que je suis le plus beau !

La dame n'en croyait ni ses oreilles ni ses yeux, que le désarroi soudain et mondain avait mis tout de travers, plus de travers encore que le plus mouvementé des tableaux de Pablo Picasso.

Paul, malgré son sourire, n'avait pas cru si bien dire : quand le bal est bien masqué, la beauté se trouve où elle est.

Et Paul, lui, est toujours là, à la Colombe, en plein soleil, comme devant les ombres de la lune.

L'intensité de sa présence laisse de côté ce qu'il est arbitrairement convenu d'appeler le souvenir.

Il est toujours là et je lui adresse un compliment :

> Mon cher Paul,
>
> Je ne sais qu'un compliment,
> Un compliment bien court,
> Toujours le même
> Mon cher Paul,
> Je vous aime.

Mais c'est lui qui me donne un bouquet, comme lui seul peut en faire.

(Décembre 1964.)

274

A...

A...
Tu vois je t'écris une lettre d'amour
La première
et c'est aussi la première de ce mot qu'ils ont pour
    la plupart dénaturé disséqué sacralisé nié ma-
    jusculé mégalomanisé

A...
Plus tard les grands collectionneurs d'autographes
    les collectionneurs de timbres d'enveloppes de
    lettres d'amour ne trouveront que cela à mettre
    sous la dent des enchères
Plus tard
Plus tard qu'est-ce que j'en ai à faire
Plutôt la première fois où je t'ai rencontrée
La chanson de la claire fontaine mieux que moi l'a
    dit déjà
Jamais je ne t'oublierai
et jamais je ne t'ai oubliée

Tu étais debout entre Lipp et le Flore devant le socle
    d'une statue celle de Danton qui déménagea
    depuis lors
Mais c'était peut-être aussi la statue du chien de
    Montargis
Les statues voyagent et l'Ange de Reims revenant à
    tire-d'aile d'une croisière apostolique aux
    Indes a paraît-il beaucoup pleuré devant les
    couples amoureux du Temple de Konarak
Tu étais debout
droite comme un Kouros
tu dansais sans bouger
et la musique de ton regard si jeune était toute
    bleue
si fraîche si gaie
Moi j'étais noir
saoul comme
comme
mais une grive
trente-six cochons
ou tous les Polonais ont beau se rappeler à mon
    bon souvenir pour métaphoriser
je les remercie
les congédie en toute simplicité
Je te regardais
j'étais saoul
je ne te voyais pas double
mais te devinais tout entière et belle de tous côtés
merveilleusement roulée

276

PORTRAIT DE JANINE

A l'instant de partir j'hésitai à m'en aller
Je dis quelques conneries avec l'alibi de l'humour
Mais malgré elles c'était déjà peut-être d'amour
    qu'elles parlaient
La foudre ne nous poussa point du coude
ne nous aveugla pas avec son clignotant
il faisait beau très doucement
et nous devînmes amis instantanément
Le Temps
Le Temps partout
Le Temps tout le temps
Le Temps passait
Le Temps dansait
de temps en temps
Toi tu dansais tout le temps
c'était ton métier
Un beau jour du plus tard
tu te mariais
La noce était assise à la terrasse du Flore et me
    souriait
Moi je souris de même
et puis je bois un verre au bonheur des amis
Je n'étais pas jaloux
j'en aimais une autre comme on dit
Le Temps
Le Temps nous étreint
Le Temps nous égare
Le Temps nous étiquette nous éphéméride
nous laisse tomber nous dilapide

Le Temps nous est proche-lointain
Le Temps nous est espace déchiqueté
Le Temps nous égare
Le Temps nous étreint
Le Temps nous est gare
Le Temps nous est train
Le Temps nous est Orly Caravelle Mistral train
    onze bus métro taxi
Le Temps nous sépare
le Temps nous unit
le Temps nous est parcimonieux
ou fastueusement conté
et nous voilà tous deux à la terrasse de l'Univers
Le garçon du beau temps te sert un café glacé
une valise verte est à tes pieds
C'est la valise de l'Été
Et te voilà non loin de Boulogne-sur-Mer aussi
    belle et aussi nue dans les dunes de Merlimont
    que Nelly O'Morphie dans les draps du tableau
    de Boucher
La mer nous caresse
le Temps nous embrasse
et nous sépare nous quitte
et revient vers toi menaçant
Tu dansais
Fait-divers un fer de lance entre ta danse
le couteau sanglant de Raymond des Buttes-Chau-
    mont
Mais le Temps a pris ses distances

c'est un couteau bienfaisant
Le Temps
le Temps du billard
du bloc opératoire
Ce couteau plus tard moi aussi m'ouvrira souvent
Le Temps nous sourit
nous marie
nous endort
nous berce
le Temps heureux de l'oiseau bleu couleur du Temps
et nous réveille en sursaut
Et te voilà encore à deux doigts de la mort à Bou-
    logne–sur–Seine et dans les draps couleur de
    sang
le Temps implacable indifférent
le Temps critique chaque jour s'ajoutant
le Temps d'attendre un enfant
L'enfant arrive
Elle est vivante
et toi encore aussi
Le Temps
le Temps des olives et des oliviers
le Temps du soleil de la mer du vent de la Colombe
    d'or de la table de pierre
le Temps du bonheur heureux mais inquiet
le Temps de la paix
le Temps
Mais le Temps de la paix me fout par la fenêtre
et me voilà à Marmottan

et toi longtemps aussi auprès d'un lit sanglant
Le Temps le sang la terre la mer le vent la mort
Tant qu'il y a du sang dedans
c'est encore une veine
dit l'infirmière de la chance
et la Mère Coupe-toujours a le bonjour
Le Temps
Le beau Temps à Saint-Paul-de-Vence
Tu dis à Minette Dépêche-toi
et Minette répond J'ai pas le Temps
Le Temps
le Temps pas pareil
le Temps déjà ailleurs
le Temps profond secret
le Temps vrai

Le Temps n'a pas de frontières
l'amour non plus
le Temps n'est pas raciste
le Temps est étoilé
l'amour est sang-mêlé.

HOMME, FEMME, ENFANT ▶

Couverture : *L'ÉCHAPPÉE BELLE*

284

Jacques Prévert remercie ses amis dont il a parfois utilisé les photographies dans ses collages :

Brassaï, Robert Doisneau, Nora Dumas, Gilles Ehrmann, Philippe Halsman, Izis, Georges Martin, Lionel Prejger, Sougez, Alexandre Trauner, André Villers, et d'autres encore, inconnus ou oubliés.

Images photographiées
par André Bonin

DU MÊME AUTEUR

Aux Éditions Gallimard

PAROLES.

DES BÊTES... (avec des photos d'Ylla).

SPECTACLE.

LETTRE DES ÎLES BALADAR (avec des dessins d'André François).

LA PLUIE ET LE BEAU TEMPS.

HISTOIRES.

FATRAS (avec cinquante-sept images composées par l'auteur).

CHOSES ET AUTRES.

GRAND BAL DE PRINTEMPS suivi de CHARMES DE LONDRES.

ARBRES (avec des gravures de Georges Ribemont-Dessaignes).

GUIGNOL (avec des dessins d'Elsa Henriquez).

LE ROI ET L'OISEAU *(en collaboration avec Paul Grimault)*.

SOLEIL DE NUIT.

HEBDROMADAIRES *(en collaboration avec Paul Grimault)*.

COLLAGES.

LE PETIT LION (avec des photos d'Ylla).

LA CINQUIÈME SAISON.

JENNY — LE QUAI DES BRUMES.

LA FLEUR DE L'ÂGE — DRÔLE DE DRAME.

Impression Bussière à Saint-Amand (Cher),
le 30 septembre 2002.
Dépôt légal : septembre 2002.
1er dépôt légal dans la collection : août 1972.
Numéro d'imprimeur : 25541.
ISBN 2-07-036877-7./Imprimé en France.

120462